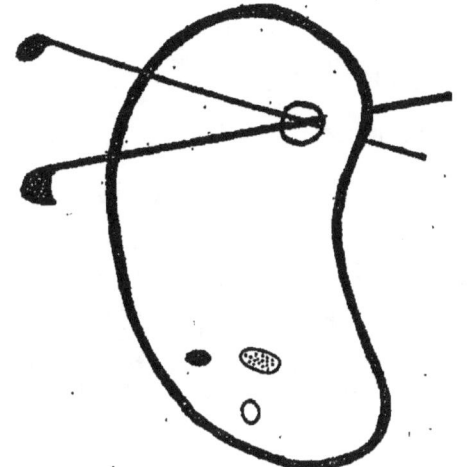

DEBUT D'UNE SERIE DE DOCUMENTS
EN COULEUR

Couverture inférieure manquante

BIBLIOTHÈQUE NOUVELLE
à 1 franc le volume
(HORS DE FRANCE : 1 FRANC 25 CENTIMES LE VOLUME)

Mme L. SURVILLE
(NÉE DE BALZAC)

BALZAC

SA VIE

ET SES ŒUVRES

D'APRÈS SA CORRESPONDANCE

PARIS
LIBRAIRIE NOUVELLE
Boulevard des Italiens, 15.
—
JACCOTTET, BOURDILLIAT ET Cie, ÉDITEURS.
—
1858

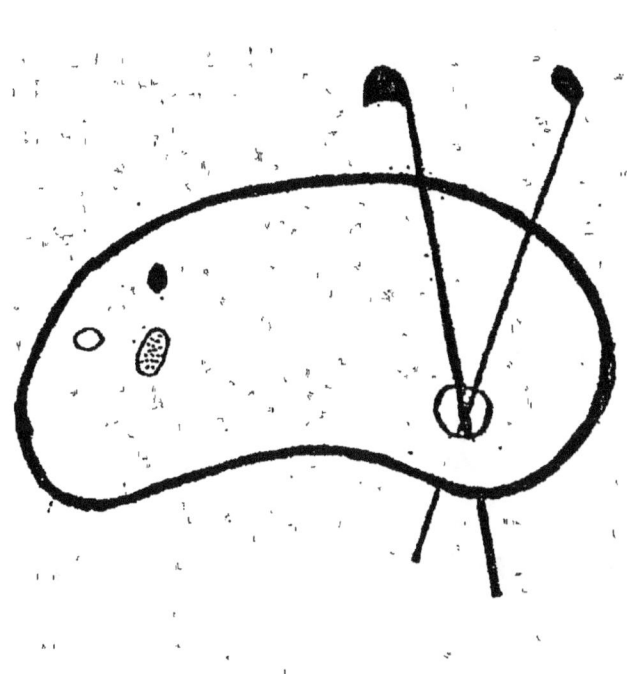

FIN D'UNE SERIE DE DOCUMENTS
EN COULEUR

BALZAC

SA VIE ET SES OEUVRES

D'APRÈS SA CORRESPONDANCE

In 27/949

1665

Mᵐᵉ L. SURVILLE

(NÉE DE BALZAC)

BALZAC

SA VIE

ET SES ŒUVRES

D'APRÈS SA CORRESPONDANCE

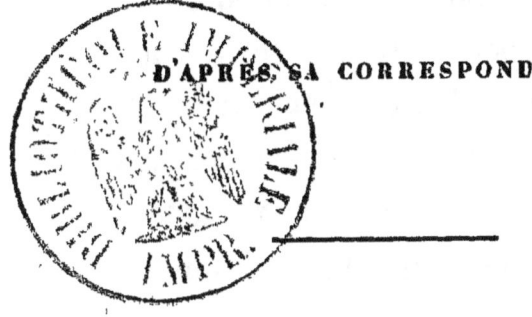

PARIS

LIBRAIRIE NOUVELLE

Boulevard des Italiens, 15.

JACCOTTET, BOURDILLIAT ET Cⁱᵉ, ÉDITEURS.

La traduction et la reproduction sont réservées.

1858

1857

Je me crois obligée envers mon frère et envers tous, à publier des détails que, seule aujourd'hui, je puis donner, et qui permettront d'écrire une biographie exacte de l'auteur de LA COMÉDIE HUMAINE. Les amis de Balzac m'ont pressée de couper court le plus tôt possible à ces légendes qui ne manquent pas de se former autour des noms illustres, afin de prévenir les erreurs qui pourraient s'accréditer sur le caractère et sur les circonstances de la vie de mon frère. J'ai compris qu'il valait mieux dire la vérité, quand bon nombre de personnes pouvaient encore l'attester.

LA COMÉDIE HUMAINE a suscité presque autant d'attaques que d'admirations. Tout récemment encore, des critiques l'ont jugée sévèrement au nom de la religion et de la morale, que les adversaires des grandes renommées tâchent toujours de mettre de leur parti. Je ne sais si, à aucune époque, il y a eu en France un peintre de mœurs qui n'ait pas été accusé de faire scandale, et quelle littérature sortirait des principes sévères qu'on veut imposer aux écrivains ; si ceux qui les professent se mettent à l'œuvre, réussiront-ils à prouver, par l'exemple, que Balzac s'est trompé quand il a cru que le roman de mœurs ne peut se passer de contrastes, et qu'on n'instruit pas les hommes par la seule peinture de leurs vertus ?...

Je n'ai ni le pouvoir ni la volonté d'appeler de ces arrêts, et je ne prétends pas ici défendre mon frère. Le temps, qui a consacré tant de génies contestés ou insultés à leur époque, lui assignera sa place dans la littérature française. Rapportons-nous-en à ce juge, le seul qui soit impartial et infaillible.

L. SURVILLE, née DE BALZAC

Paris, le 15 janvier 1856.

BALZAC

SA VIE ET SES OEUVRES

D'APRÈS SA CORRESPONDANCE

Mon frère est né à Tours le 16 mai 1799, jour de Saint-Honoré. Ce nom plut à mon père, et quoiqu'il fût sans précédents dans les familles paternelle et maternelle, il le donna à son fils.

Ma mère avait perdu son premier enfant en voulant l'allaiter. On choisit, pour le petit Honoré, une belle nourrice qui demeurait à la porte de la ville, dans une maison bien

aérée et entourée de jardins. Mon père et ma
mère furent si satisfaits des soins de cette
femme, qu'ils me firent élever aussi par elle
et lui laissèrent mon frère après son se-
vrage. Il avait près de quatre ans quand nous
revînmes ensemble à la maison paternelle.

La belle santé d'Honoré préserva notre
mère de toutes ces inquiétudes latentes qui
éveillent les tendres sollicitudes et inspi-
rent ces gâteries si chères aux enfants; ils ne
jouaient pas à cette époque le rôle important
qu'on leur impose aujourd'hui dans beaucoup de familles. On ne les mettait pas en
scène, on les laissait enfants et on les formait
avant tout au respect et à l'obéissance envers leurs parents. Mlle Delahaye, chargée
de nous, eut peut-être trop de zèle à cet endroit, car avec le respect et l'obéissance, elle
nous imprimait aussi la crainte. Mon frère
se souvint longtemps des petits effrois qui
nous saisissaient quand elle nous conduisait
le matin dire bonjour à notre mère et quand
nous entrions dans son salon pour lui sou-

haiter le bonsoir. C'était pour nous comme
des cérémonies solennelles, quoiqu'elles se
répétassent tous les jours ! Il est vrai que par
des signes convenus, ma mère voyait, soi-
disant sur nos visages, les petits méfaits que
nous avions pu commettre et qui nous va-
laient de sévères réprimandes de sa part, car
elle seule nous punissait ou nous récompen-
sait.

Honoré ne fut donc ni transformé en pro-
dige, ni adulé dans cet âge où l'on ne com-
prend encore l'amour de ses parents que par
des baisers et des sourires ; s'il trahit de
bonne heure quelques-unes des qualités qui
devaient le rendre illustre, nul ne le remar-
qua ni ne s'en souvint.

C'était un charmant enfant : sa joyeuse
humeur, sa bouche bien dessinée et sou-
riante, ses grands yeux bruns, à la fois brillants et doux, son front élevé, sa riche
chevelure noire, le faisaient remarquer dans
les promenades où l'on nous conduisait tous
les deux.

La famille réagit tellement sur le caractère des enfants et exerce de si grandes influences sur leur sort, que quelques détails sur nos parents me paraissent ici nécessaires ; ils expliqueront d'ailleurs les premiers événements de la jeunesse de mon frère

Mon père, né en Languedoc en 1746, était avocat au conseil sous Louis XVI. Sa profession le mit en relation avec les notabilités d'alors et avec des hommes que la Révolution fit surgir et rendit célèbres

Ces circonstances lui permirent, en 1793, de sauver plus d'un de ses anciens protecteurs et de ses anciens amis. Ces services dangereux l'exposèrent, et un conventionnel très-influent, qui s'intéressait au *citoyen Balzac*, se hâta de l'éloigner du souvenir de Robespierre en l'envoyant dans le Nord organiser le service des vivres de l'armée.

Ainsi jeté dans l'administration de la guerre, mon père y resta, et il était chargé des subsistances de la vingt-deuxième divi-

sion militaire, lorsqu'il épousa à Paris, en
1797, la fille d'un de ses chefs, en même
temps directeur des hôpitaux de Paris.

Mon père vécut dix-neuf ans à Tours, où il
acheta une maison et des propriétés près de
la ville. Après dix ans de séjour, on parla de
le nommer maire, mais il refusa cet honneur
pour ne pas abandonner la direction du
grand hôpital dont il s'était chargé. Il crai-
gnit de manquer de temps pour bien remplir
ces triples fonctions.

Mon père tenait à la fois de Montaigne, de
Rabelais et de l'oncle Toby par sa philoso-
phie, son originalité et sa bonté. Comme
l'oncle Toby, il avait aussi une idée prédomi-
nante. Cette idée chez lui était *la santé*. Il
s'arrangeait si bien de l'existence qu'il voulait vivre le plus longtemps possible. Il
avait calculé, d'après les années qu'il faut
à l'homme pour arriver à *l'état parfait*, que
sa vie devait aller à cent ans *et plus;* pour
atteindre *le plus,* il prenait des soins extra-
ordinaires et veillait sans cesse à établir ce

qu'il appelait *l'équilibre des forces vitales.*
Grand travail, vraiment!...

Sa tendresse paternelle augmentait encore ce désir *de longévité.* A quarante-cinq
ans, n'étant pas marié et ne comptant pas
se marier, il avait placé une bonne partie
de sa fortune en viager, moitié sur le grand-
livre, moitié sur la caisse Lafarge, qu'on
fondait alors et dont il était un des plus
forts actionnaires. (Il touchait en 1829,
quand il mourut par accident, à l'âge de
quatre-vingt-trois ans, douze mille francs
d'intérêt.)

La réduction des rentes, les gaspillages,
qui eurent lieu dans l'administration de la
tontine, diminuèrent ses revenus; mais sa
belle et verte vieillesse lui donna l'espoir
de partager un jour avec l'État, à l'extinction
des concurrents de sa classe, l'immense capital de la tontine; ce qui eût grandement ré-
paré le tort qu'il avait fait à sa famille. Cet
espoir passa tellement chez lui à l'état de
conviction, qu'il recommandait sans cesse

aux siens de conserver leur santé pour jouir des millions qu'il leur laisserait.

Cette conviction, que chacun entretenait, le rendait heureux et le consola dans les revers de fortune qui l'atteignirent à la fin de sa vie.

— Lafarge réparera tout un jour, disait-il.

Son originalité, devenue proverbiale à Tours, se manifestait aussi bien dans ses discours que dans ses actions; il ne faisait et ne disait rien comme un autre; Hoffmann en eût fait un personnage de ses créations fantastiques. Mon père se moquait souvent des hommes qu'il accusait de travailler sans cesse à leur malheur; il ne pouvait rencontrer un être disgracié sans s'indigner contre les parents et surtout contre les gouvernants qui n'apportaient pas autant de soins à l'amélioration de la race humaine qu'à celle des animaux. Il avait, sur ce sujet fort scabreux, de singulières théories qu'il déduisait non moins singulièrement...

— Mais à quoi bon publier ces idées?

1.

disait-il en se promenant par la chambre dans sa douillette de soie puce, et la tête enfoncée dans la grosse cravate qu'il avait conservée de la mode du Directoire; on m'appellerait encore original (ce titre le courrouçait) et il n'y aurait pas un être étiolé ni un rachitique de moins! Excepté Cervantes, qui donna le coup de grâce à la chevalerie errante, quel philosophe a jamais corrigé l'humanité, *cette patraque* toujours jeune, toujours vieille, qui va toujours... heureusement pour nous et nos successeurs! ajoutait-t-il en souriant.

Il ne raillait toutefois l'humanité que lorsqu'il ne pouvait lui venir en aide, il le prouva en mainte occasion. Des épidémies se déclarèrent à plusieurs reprises à l'hospice, notamment lorsque les soldats l'encombrèrent en revenant d'Espagne : mon père s'installait alors dans l'hôpital, et, oubliant sa santé pour veiller au salut de tous, il déployait un zèle qui était pour lui du dévouement. Il détruisit beaucoup d'abus

sans redouter les inimitiés que ce genre de
courage attire, et introduisit de grandes améliorations dans cet hôpital, entre autres des
ateliers de travail pour les vieillards valides
à qui il fit allouer un salaire.

Sa mémoire, son esprit d'observation et
de repartie n'étaient pas moins remarquables que son originalité ; il se souvenait, à
vingt ans de distance, de paroles qu'on lui
avait dites. A soixante-dix ans, rencon-
trant inopinément un ami d'enfance, il s'en-
tretint avec lui, sans aucune hésitation, dans
l'idiome de son pays, où il n'était pas retourné depuis l'âge de quatorze ans !

Ses fines remarques lui firent plus d'une
fois prédire les succès ou les désastres de
gens qu'on appréciait bien autrement qu'il
ne les jugeait ; le temps lui donna souvent
raison dans ses prophéties !

Les répliques, enfin, ne lui faisaient jamais défaut en aucune occurrence.

Un jour qu'on lisait dans un journal un
article sur un centenaire (article qu'on ne

passait pas, comme on peut croire), contre son habitude, il interrompit le lecteur pour dire avec enthousiasme :

— Celui-là a vécu sagement et n'a pas gaspillé ses forces en toute sorte d'excès, comme le fait l'imprudente jeunesse...

Il se trouva que ce sage se grisait souvent, au contraire, et soupait tous les soirs, une des plus grandes énormités que l'on pût commettre contre sa santé (selon mon père).

— Eh bien! reprit-il sans s'émouvoir, cet homme a abrégé sa vie, voilà tout!...

Quand Honoré fut d'âge à comprendre et à apprécier son père, c'était un beau vieillard, fort énergique encore, aux manières courtoises, parlant peu et rarement de lui, indulgent pour la jeunesse qui lui était sympathique, laissant à tous une liberté qu'il voulait pour lui, d'un jugement sain et droit, malgré ses excentricités, d'une humeur si égale et d'un caractère si doux qu'il rendait heureux tous ceux qui l'entouraient !

Sa haute instruction lui faisait suivre avec

bonheur les progrès des sciences et les améliorations sociales, dont, à leur début, il
comprenait l'avenir!

Ses graves entretiens, ses curieux récits
avancèrent son fils dans la science de la vie
et lui fournirent le sujet de plus d'un de
ses livres.

Ma mère, riche, belle, et beaucoup plus
jeune que son mari, avait une rare vivacité
d'esprit et d'imagination, une activité infatigable, une grande fermeté de décision
et un dévouement sans bornes pour les
siens. Son amour pour ses enfants planait
sans cesse sur eux, mais elle l'exprimait
plutôt par des actions que par des paroles.
Sa vie entière prouva cet amour; elle s'oublia sans cesse pour nous, et cet oubli lui
fit connaître l'infortune qu'elle supporta
courageusement. Sa dernière et plus cruelle
épreuve fut, à l'âge de soixante-douze ans,
de survivre à son glorieux fils et de l'assister dans ses derniers moments; elle pria
pour lui à son lit de mort, soutenue par la

foi religieuse qui remplaçait toutes ses espérances terrestres par celles du ciel.

Ceux qui ont connu mon père et ma mère
attesteront la fidélité de ces esquisses. Les
qualités de l'auteur de LA COMÉDIE HUMAINE
sont certainement la conséquence logique de
celles de ses parents ; il avait l'originalité, la
mémoire, l'esprit d'observation et le jugement de son père, l'imagination, l'activité de
sa mère, de tous les deux, enfin, l'énergie
et la bonté.

Honoré était l'aîné de deux sœurs et d'un
frère. Notre sœur cadette mourut jeune,
après cinq années de mariage. Notre frère
partit pour les colonies, où il se maria et
resta.

A la naissance d'Honoré, tout faisait pré-
sager pour lui un bel avenir. La fortune de
notre mère, celle de notre aïeule maternelle
qui vint vivre avec sa fille dès qu'elle fut
veuve, les émoluments et les rentes viagères
de mon père composaient une grande existence à notre famille.

Ma mère se consacra exclusivement à
notre éducation et se crut obligée d'user de
sévérité envers nous pour neutraliser les effets de l'indulgence de notre père et de notre
aïeule. Cette sévérité comprima les tendres
expansions d'Honoré, à qui l'âge et la gravité de son père inspiraient aussi la réserve.
Cet état de choses tourna au profit de l'affection fraternelle ; ce fut certainement le premier sentiment qui s'épanouit et fleurit dans
son cœur. J'étais de deux ans seulement plus
jeune qu'Honoré, et dans la même situation
que lui vis-à-vis de nos parents ; élevés ensemble, nous nous aimâmes tendrement ; les
souvenirs de sa tendresse datent de loin. Je
n'ai pas oublié avec quelle vélocité il accourait à moi pour m'éviter de rouler les trois
marches hautes, inégales et sans rampes qui
conduisaient de la chambre de notre nourrice dans le jardin ! Sa touchante protection
continua au logis paternel, où plus d'une fois
il se laissa punir pour moi, sans trahir ma
culpabilité. Quand j'arrivais à temps pour

m'accuser : « N'avoue donc rien une autre fois, me disait-il, j'aime à être grondé pour toi ! » On se souvient toujours de ces naïfs dévouements !

D'heureuses circonstances protégèrent encore notre affection. Nous vécûmes toujours l'un près de l'autre dans une intimité et une confiance sans bornes. Je connus donc en tout temps les joies et les peines de mon frère, et j'eus toujours le doux privilége de le consoler ; certitude qui fait aujourd'hui ma joie.

Le plus grand événement de son enfance fut un voyage à Paris, où ma mère le conduisit, en 1804, pour le présenter à ses grands parents. Ils raffolèrent de leur joli petit-fils, qu'ils comblèrent de caresses et de présents.

Peu habitué à être fêté ainsi, Honoré revint à Tours la tête pleine de joyeux souvenirs, le cœur rempli d'affection pour ces chers grands parents dont il me parlait sans cesse, les décrivant de son mieux, ainsi que leur maison, leur beau jardin, sans oublier *Mou-che*, le gros chien de garde avec lequel il s'était lié intimement. Ce séjour à Paris servit longtemps d'aliment à son imagination.

Notre grand'mère aimait à raconter les faits et gestes de son petit-fils chez elle, et répétait volontiers cette petite scène.

Un soir qu'elle avait fait venir pour lui la lanterne magique, Honoré n'apercevant pas parmi les spectateurs son ami *Mouche*, se lève en criant d'un ton d'autorité : « Attendez!... » (Il se savait le maître chez son grand-père.) Il sort du salon et rentre traînant le bon chien, à qui il dit : « Assieds-toi là, *Mouche*, et regarde ; ça ne te coûtera rien, c'est bon papa qui paye ! »

Quelques mois après ce voyage, on changeait la veste de soie brune et la belle ceinture bleue du petit Honoré pour des vêtements de deuil. Son cher grand-père venait de mourir, frappé par une apoplexie foudroyante. Ce fut son premier chagrin ; il pleura bien fort quand on lui dit qu'il ne verrait plus son aïeul, et son souvenir lui resta tellement présent à l'esprit que, long-temps après ce jour néfaste, me voyant prise d'un malencontreux fou rire pendant une réprimande de notre mère, il s'approche de moi, et pour arrêter cette gaieté intempestive qui menaçait de tourner à mal, me dit à l'oreille d'un ton tragique :

— Pense à la mort de ton grand-papa !

Secours inefficace, hélas ! car je ne l'avais pas connu et ne comprenais pas encore la mort !

On le voit, les seules paroles qu'on a retenues des premières années d'Honoré révélaient plutôt la bonté que l'esprit. Je me souviens néanmoins qu'il montrait déjà son imagination dans ces jeux de l'enfance que George Sand a si bien décrits dans ses *Mémoires*. Mon frère improvisait de petites comédies qui nous amusaient (succès que n'ont pas toujours les grandes) ; il écorchait pendant des heures entières les cordes d'un petit violon rouge, et sa physionomie radieuse prouvait qu'il croyait écouter des mélodies. Aussi était-il fort étonné quand je le suppliais de finir cette musique qui eût fait hurler l'ami *Mouche*.

— Tu n'entends donc pas comme c'est joli? me disait-il.

Il lisait enfin avec passion, comme la plupart des enfants, toutes ces féeries dont les catastrophes, plus ou moins dramatiques, les font tant pleurer! Elles lui inspiraient sans doute d'autres contes, car à des babillages étourdissants, succédaient quelquefois des silences qu'on n'expliquait que par la fatigue, mais qui pouvaient bien être déjà des rêveries dans des mondes imaginaires.

Quand il eut sept ans, il passa d'un externat de Tours au collége de Vendôme, fort célèbre alors. Nous allions régulièrement le voir chaque année à Pâques et à la distribution des prix; mais fort peu couronné aux concours, il recevait plus de reproches

que de louanges pendant ces jours qu'il
attendait si impatiemment, et dont il se faisait à l'avance tant de joie !...

Il resta sept années dans ce collége, où il
n'y avait jamais de vacances. Le souvenir
de ce temps lui inspira la première partie
du livre de *Louis Lambert*. Dans cette première partie, Louis Lambert et lui ne font
qu'un, c'est Balzac en deux personnes. La
vie de collége, les petits événements de ses
jours, ce qu'il y souffrit et y pensa, tout est
vrai, jusqu'à ce traité *de la volonté*, qu'un
de ses professeurs (qu'il nomme) brûla sans
le lire, dans sa colère de le trouver au lieu
du devoir qu'il demandait. Mon frère regretta toujours cet écrit comme un monument de son intelligence à cet âge.

Il avait quatorze ans quand M. Mares-
chal, le directeur du collége, écrivit à
notre mère, entre Pâques et les prix, de
venir en toute hâte chercher son fils. Il était
atteint d'une espèce de *coma* qui inquiétait
d'autant plus ses maîtres, qu'ils n'en voyaient

pas les causes. Mon frère était pour eux un
écolier paresseux ; ils ne pouvaient donc
attribuer à aucune fatigue intellectuelle cette
espèce de maladie cérébrale. Devenu maigre
et chétif, Honoré ressemblait à ces somnambules qui dorment les yeux ouverts, il n'entendait pas la plupart des questions qu'on lui
adressait et ne savait que répondre quand
on lui demandait brusquement : « A quoi
pensez-vous ? Où êtes-vous ? »

Cet état surprenant, dont plus tard il se
rendit compte, provenait d'une espèce de
congestion d'idées (pour répéter ses expressions) ; il avait lu, à l'insu de ses professeurs,
une grande partie de la riche bibliothèque
du collége, formée par les savants orato-
riens fondateurs et propriétaires de cette
vaste institution, où plus de trois cents
jeunes gens étaient élevés ; c'était dans le
cachot, où il se faisait mettre journellement,
qu'il dévorait ces livres sérieux, qui avaient
développé son esprit aux dépens de son corps,
dans cet âge où les forces physiques doivent

être au moins aussi exercées que les forces intellectuelles.

Personne de la famille n'avait oublié l'étonnement que la vue d'Honoré causa lorsque notre mère le ramena de Vendôme.

— Voilà donc, disait douloureusement notre grand'mère, comme le collége nous renvoie les jolis enfants que nous lui envoyons !

Mon père, fort inquiet de l'état de son fils, fut bientôt rassuré en voyant que le changement de pays, le grand air et le contact bienfaisant de la famille suffisaient à lui rendre la vivacité et la gaieté de l'adolescence qui commençait pour lui.

Le classement des idées se fit peu à peu dans sa vaste mémoire, où il enregistrait déjà les événements et les êtres qui s'agitaient autour de lui; ces souvenirs servirent plus tard à ses merveilleuses peintures de la Vie de province. Mû par une vocation qu'il ne comprenait pas encore, elle le portait instinctivement vers des lec-

tures et des observations qui préparaient
ses travaux et qui devaient les rendre si
féconds; il amassait des matériaux sans
savoir encore à quel édifice ils serviraient.
Quelques types de LA COMÉDIE HUMAINE datent
certainement de ce temps.

Dans les longues promenades que notre
mère lui faisait faire, il admirait déjà en
artiste les doux paysages de sa chère Touraine qu'il décrivit si bien! Il s'arrêtait quelquefois enthousiasmé devant ces beaux
soleils couchants qui éclairent si pittores-
quement les clochers gothiques de Tours,
les villages épars sur les coteaux, et cette
Loire, si majestueuse, couverte alors de
voiles de toutes grandeurs.

Mais notre mère, plus soucieuse pour lui
d'exercices que de rêveries, le forçait à
lancer le cerf-volant de notre jeune frère
ou à courir après ma sœur et moi; il oubliait alors le paysage et devenait le plus
jeune et le plus gai des quatre enfants qui
entouraient notre mère.

Il n'en était pas ainsi dans la cathédrale de Saint-Gatien, où elle nous conduisait régulièrement aux jours de fête. Là, Honoré pouvait songer à loisir, et aucune des poésies et des splendeurs de cette belle église n'étaient perdues pour lui. Il remarquait tout, depuis les merveilleux effets de lumière qu'y produisent les vieux vitraux, les nuages d'encens qui enveloppent comme dans des voiles les officiants, jusqu'aux pompes du service divin, rendues plus splendides encore par la présence du cardinal-archevêque. Les physionomies des prêtres, qu'il étudiait, lui aideront un jour à composer les abbés Birotteau et Lorau, et ce curé Bonnet dont la tranquillité d'âme fait un si beau contraste avec les agitations du remords qui torture la repentante Véronique.

Cette église l'avait tant impressionné, que le nom seul de Saint-Gatien réveillait en lui des mondes de souvenirs, où les fraîches et pures sensations de l'adolescence et les sentiments religieux (qui ne l'abandonnèrent

jamais), étaient mêlés aux idées d'homme
qui germaient déjà dans ce puissant cerveau.

Il suivait comme externe les cours du
collége, et recevait chez son père les ré-
pétitions de ses professeurs. Il commençait
à dire qu'on parlerait de lui un jour, et ces
paroles, qui faisaient rire, devinrent le texte
de plaisanteries incessantes. Au nom de cette
célébrité future, on lui fit subir une infinité
de petits tourments, préludes des plus grands
qu'on devait lui infliger pour l'illustration
acquise. L'apprentissage n'était pas inutile !

Il acceptait toutes ces malices en riant
plus que les autres (il riait toujours dans ce
bienheureux temps). Jamais caractère ne
fut plus aimable, jamais non plus personne
n'eut plus tôt que lui le désir et l'intuition de
la renommée.

On était loin cependant d'exalter ou d'en-
courager ce désir ! Mon frère, je l'ai déjà
dit, un peu comprimé par la crainte, pensait

plus qu'il ne parlait devant son père et sa
mère ; ceux-ci, ne pouvant le juger en toute
connaissance de cause, ne voyaient en lui,
comme ses maîtres, qu'un garçon fort ordinaire qu'il fallait même stimuler pour lui
faire faire ses devoirs de grec et de latin.
Notre mère, qui s'occupait plus particulièrement de lui, soupçonnait si peu ce qu'é-
tait déjà son fils aîné et ce qu'il deviendrait
un jour, qu'elle attribuait au hasard les réflexions et les remarques sagaces qui lui
échappaient parfois. « Tu ne comprends
certainement pas ce que tu dis là, Honoré, »
lui disait-elle alors. Lui, pour toute réponse,
souriait de ce sourire si fin, si railleur ou si
bon dont il était doué. Cette protestation à
la fois éloquente et muette était taxée d'outrecuidance quand ma mère l'apercevait,
car Honoré, n'osant pas avoir raison avec
elle, ne lui expliquait ni ses idées ni son
sourire.

Les compressions qu'on exerce sur le génie, les injustices qui le froissent, les ob-

stacles qu'on lui oppose, doublent peut-être
ses forces et impriment plus de vigueur à
son essor ; on aime du moins à le penser.

A la fin de 1814, mon père fut appelé à
Paris, à la direction des vivres de la première
division militaire. Honoré acheva ses études
chez M. Lepitre, rue Saint-Louis, et chez
MM. Sganzer et Beuzelin, rue de Thorigny,
au Marais, où nous demeurions. Honoré ne
fut pas plus remarqué dans ces institutions
que dans les colléges de Vendôme et de
Tours. En faisant ses discours de rhétorique,
il commença à s'éprendre des beautés de
la langue française. J'ai conservé l'une de
ses compositions de concours (le discours
de la femme de Brutus à son mari après la
condamnation de ses fils). La douleur de la
mère y est peinte avec énergie, et cette faculté puissante que possédait mon frère d'entrer dans l'âme de ses personnages s'y fait
déjà remarquer.

Ses classes terminées, il rentra une troisième fois sous le toit paternel. On était

en 1816. Il avait alors dix-sept ans et demi.

Ma mère faisait du travail la base de toute
éducation et s'entendait merveilleusement à
l'emploi du temps ; elle ne laissa donc pas
un instant son fils oisif. Il reçut des leçons
sur toutes les sciences négligées au collége
et suivit les cours de la Sorbonne.

Je me souviens encore de l'enthousiasme
que lui causaient les éloquentes improvisa-
tions des Villemain, des Guizot, des Cousin.
C'était la tête en feu qu'il nous les redisait
pour nous associer à ses joies et nous les
faire comprendre. Il courait travailler dans
les bibliothèques publiques afin de mieux
profiter des enseignements de ses illustres
professeurs.

Pendant ses pérégrinations au quartier
latin, il achetait sur les quais des livres rares
et précieux qu'il savait choisir. Ce fut là
l'origine de cette belle bibliothèque que ses
constantes relations avec les libraires rendi-
rent si complète, et qu'il voulait léguer à
sa ville natale ; mais l'indifférence de ses

compatriotes pour lui lors de ses voyages à
Tours le blessa si profondément, qu'il renonça à ce projet.

M. Brun, préfet actuel d'Indre-et-Loire,
ancien camarade d'Honoré au collége de
Vendôme, d'accord avec le maire, M. Mame,
frère du célèbre libraire qui édita les premières œuvres de Balzac, dont il comprit
aussitôt l'avenir, ont fait placer une inscrip-
tion sur la maison où l'auteur de la Comédie
humaine est né. Ce n'est toutefois pas celle
où il passa son enfance. La maison de mon
père appartient aujourd'hui à Mme la com-
tesse d'Outremont, amie de notre famille, et
portait autrefois le numéro 29 de cette rue
qui partage la ville et la traverse, depuis le
pont jusqu'à l'avenue de Grammont.

On eût bien étonné les parents et les amis
de Balzac si on leur eût dit, en 1817 et même
plus tard, qu'il mériterait un jour cet honneur
rendu à sa mémoire, si on leur eût annoncé
enfin qu'on donnerait son nom à la rue
qu'il habitait à Paris lors de sa mort, et qu'un

imposant cortége le suivrait à sa dernière
demeure. Ils n'auraient pas eu assez d'in-
crédulité à opposer à de telles prophéties,
car, malgré la vivacité d'un esprit qui commençait à se faire jour, nul ne croyait encore à la haute intelligence d'Honoré; il est
vrai qu'il parlait beaucoup, s'amusait de
niaiseries comme les enfants, et avait une
bonhomie et parfois des naïvetés qui le faisaient souvent notre dupe. Il eût été facile
néanmoins de remarquer l'attrait qu'il avait
pour les gens d'esprit et pour les conversations substantielles. Il se plaisait surtout auprès d'une vieille amie de notre grand'mère,
Mlle de R..., qui avait été liée intimement
avec Beaumarchais, et qui demeurait dans
la même maison que nous. Mon frère la faisait
causer sur cet homme célèbre dont, grâce
à ces détails, il connut si bien l'existence,
qu'il eût pu fournir les matériaux de la belle
biographie que M. de Loménie vient de
publier sur lui.

Mon père voulut qu'Honoré fît son droit,

subît tous ses examens, et passât les trois
années de son cours chez l'avoué et le notaire, afin d'y apprendre les détails de la
procédure, et la forme et la teneur de tous
les actes. L'éducation d'un homme n'était
pas complète, selon mon père, s'il ne connaissait pas les législations anciennes et mo-
dernes et surtout les lois de son pays.

Honoré entra dans l'étude de M. de Mer-
ville, notre ami. M. Scribe venait de la quit-
ter. Après dix-huit mois de séjour chez cet
avoué, il fut reçu chez M. Passez, notaire, où
il resta le même temps. M. Passez habitait la
maison où nous demeurions et était aussi
l'un de nos intimes.

Ces circonstances expliquent la fidélité
des descriptions d'intérieur d'études qu'on
remarque dans la Comédie humaine, et la
profonde connaissance des lois qu'elle révèle. J'ai trouvé chez un avoué de Paris le
livre de *César Birotteau* au milieu des œuvres
des légistes; il m'assura que cet ouvrage était
excellent à consulter en matière de faillites.

Mon frère était fort occupé à cette époque, car, indépendamment de son cours de droit et des travaux dont le chargeaient ses patrons, il avait encore à se préparer pour ses examens successifs; mais son activité, sa mémoire, sa facilité étaient telles, qu'il trouvait encore le temps d'achever ses soirées à la table de boston ou de whist de ma grand'-mère, où cette douce et aimable femme lui faisait gagner, à force d'imprudences ou de distractions volontaires, l'argent qu'il consacrait à l'acquisition de ses livres. Il aima toujours ces jeux en mémoire d'elle; il s'y rappelait ses paroles, et un de ses gestes retrouvé lui semblait un bonheur arraché à la tombe !

Mon frère nous accompagnait aussi quelquefois au bal, mais s'y étant laissé choir malencontreusement, malgré les leçons qu'il recevait d'un maître de danse de l'Opéra, il renonça à la danse, tant le sourire des femmes qui suivit sa chute lui resta sur le cœur; il se promit alors de dominer la société au-

trement que par des grâces et des talents
de salon, et devint seulement spectateur de
ces fêtes dont plus tard il utilisa les souvenirs.

A vingt et un ans, il avait terminé son droit
et passé ses examens. Mon père lui confia les
projets qu'il avait pour son avenir et qui
eussent conduit Honoré à la fortune; mais
la fortune était alors le moindre de ses
soucis.

Mon père avait protégé jadis un homme
qu'il avait retrouvé, en 1814, notaire à Paris.
Celui-ci, reconnaissant et pour rendre au fils
le service qu'il avait reçu du père, offrait de
prendre Honoré dans son étude et de la lui
laisser après quelques années de stage; la
caution de mon père pour une partie de la
charge, un beau mariage, des prélèvements
successifs sur les brillants revenus de l'é-
tude, auraient acquitté mon frère en peu
d'années.

Mais Balzac, courbé dix ans, peut-être,
sur des contrats de vente, des contrats de

mariage ou sur des inventaires !... lui qui
aspirait secrètement à la gloire littéraire !

Sa stupéfaction fut grande à cette révélation ; il déclara nettement ses désirs, et ce
fut au tour de notre père d'être stupéfait.

Une vive discussion suivit. Honoré com-
battit éloquemment les puissantes raisons
qu'on lui donnait, et ses regards, ses paroles,
son accent révélaient une telle vocation, que
mon père lui accorda deux ans pour faire ses
preuves de talent.

Cette belle chance perdue explique la sévérité dont on usa envers lui et la rancune
qu'il conserva contre le notariat, rancune
qui perce dans quelques-unes de ses œuvres.

Mon père, ne céda pas, toutefois, aux désirs d'Honoré sans regrets ; des événements
fâcheux les augmentaient encore. Il venait
d'être mis à la retraite et de subir des pertes
d'argent dans deux entreprises. Enfin nous
allions vivre dans une maison de campagne,
qu'il venait d'acheter à six lieues de Paris.

Les chefs de famille comprendront les inquiétudes de nos parents en cette circonstance. Mon frère n'avait encore donné aucune preuve de talent littéraire, et il avait sa fortune à faire; il était donc rationnel de désirer pour lui un état moins problématique que celui de littérateur! Pour une vocation telle que celle d'Honoré, vocation qu'il justifia si grandement, que de médiocrités ont été jetées en des voies malheureuses par une semblable condescendance! Aussi, celle de mon père envers son fils fut-elle traitée de faiblesse et généralement blâmée par tous ceux qui s'intéressaient à nous.

« On allait faire perdre à mon frère un temps précieux; l'état de littérateur pouvait-il, en aucun cas, mener à la fortune? Honoré avait-il l'étoffe d'un homme de génie? Tous en doutaient... »

Qu'eût-on dit à mon père, s'il eût mis ses amis dans la confidence des offres qui lui avaient été faites?

Un intime, un peu brusque et fort absolu,

déclara que, pour lui, Honoré n'était bon qu'à faire un expéditionnaire ! Le malheureux *avait une belle main,* selon l'expression du maître d'écriture qu'on lui avait donné à sa sortie du collége.

— A votre place, ajouta cet ami, je n'hésiterais pas à mettre Honoré dans quelque administration où, avec votre protection, il arriverait promptement à se suffire.

Mon père jugeait alors son fils autrement que cet intime, et, ses théories aidant, il croyait à l'intelligence de ses enfants ; il se contenta donc de sourire à cette sortie, tint bon et passa outre.

Il est à présumer que ses amis se séparèrent, ce soir-là, en déplorant entre eux l'aveuglement paternel...

Ma mère, moins confiante que son mari, pensa qu'un peu de misère ramènerait promptement Honoré à la soumission.

Elle l'installa donc, avant notre départ de Paris, dans une mansarde qu'il choisit près de la bibliothèque de l'Arsenal, la seule qu'il

ne connût pas et où il se proposait d'aller
travailler ; elle meubla strictement sa chambre d'un lit, d'une table et de quelques
chaises, et la pension qu'elle lui alloua pour
y vivre n'eût certainement pas suffi à ses
besoins les plus rigoureux, si notre mère
n'eût pas laissé à Paris une vieille femme, attachée depuis vingt ans au service de la famille, qu'elle chargea de veiller sur lui. C'est
cette femme qu'il appelle, dans ses lettres,
l'*Iris messagère*.

Passer subitement de l'intérieur d'une
maison où il trouvait l'abondance, à la solitude d'un grenier où tout bien-être lui manquait, certes la transition était dure ! Il ne
se plaignit pas toutefois dans ce réduit, où il
trouvait la liberté et portait de belles espérances que ses premières déceptions littéraires ne purent éteindre.

C'est alors que commence cette correspondance conservée par tendresse et qui
devint sitôt de chers et de précieux souvenirs.

3

Je demande grâce pour les badinages familiers que contiennent les premiers fragments que je vais citer. Leur caractère intime appelle naturellement l'indulgence. Je n'ose les supprimer, parce qu'ils peignent merveilleusement le caractère primordial de mon frère, et que le développement successif d'une telle intelligence me semble intéressant à suivre.

Dans sa première lettre, après avoir énuméré ses frais d'emménagement (détails qui n'étaient à autres fins que de prouver à notre mère qu'il manquait déjà d'argent), il me confie qu'il a pris un domestique.

« — Un domestique!... y penses-tu, mon frère?

» — Oui, un domestique. Il a un nom aussi drôle que celui du docteur. Le sien s'appelle *Tranquille*, le mien s'appelle *Moi-même*. Mauvaise emplette, vraiment!... Moi-même est paresseux, maladroit, imprévoyant. Son maître a faim, a soif; il n'a quelquefois ni pain ni eau à lui offrir; il ne sait pas même le garantir contre le vent qui souffle à travers sa porte et sa fenêtre, comme Tulou dans sa flûte, mais moins agréablement. »

Suivent les réprimandes du maître au serviteur :

« — Moi-même ?...

» — Plaît-il, monsieur ?

» — Regardez cette toile d'araignée où cette grosse mouche pousse des cris à m'étourdir ? Ces *moutons* qui se promènent sous le lit, cette poussière sur les vitres qui m'aveugle ?...

» Le paresseux regarde et ne bouge pas ! et malgré tous ses défauts, je ne puis me séparer de cet inintelligent *Moi-même !*... »

Dans sa seconde lettre, il s'excuse de la première, que notre mère avait trouvée fort négligée.

« Dis à maman que je travaille tant, que vous écrire est mon délassement ! Alors, sauf vot' respect et le mien, je vais, comme l'âne de Sancho, par les chemins broutant tout ce que je rencontre. Je ne fais pas de brouillon (fi donc ! le cœur ne connaît pas les brouillons). Si je ne ponctue pas, si je ne me relis pas, c'est pour que vous me relisiez

et pensiez plus longtemps à moi! Je jette ma
plume aux bêtes, si ce n'est pas là une finesse de
femme!...

» Vous saurez, mademoiselle, qu'on économise
pour avoir ici un piano; quand ma mère et toi
vous viendrez me voir, vous en trouverez un. J'ai
pris mes mesures, en reculant les murs il tiendra,
et si mon propriétaire ne veut pas entendre à cette
petite dépense, je l'ajouterai à l'acquisition du
piano, et le *Songe de Rousseau* (morceau de Cra-
mer fort à la mode alors) retentira dans ma mansarde, où le besoin de songes se fait généralement
sentir. »

Que de travaux il médite!... des romans,
des comédies, des opéras-comiques, des
tragédies sont sur sa liste d'ouvrages à faire.
Il ressemble à l'enfant qui a tant de paroles
à dire qu'il ne sait par où commencer. C'est
d'abord *Stella* et *Coqsigrue*, deux livres qui
ne virent jamais le jour! De tous ses projets
de comédie de ce temps, je me souviens des
Deux Philosophes, qu'il eût certainement
repris à ses loisirs. Ces prétendus philosophes
se moquaient l'un de l'autre, se querellaient

sans cesse, comme des amis (disait mon
frère en racontant cette pièce).

Ces philosophes, tout en méprisant les
hochets de ce monde, se les disputaient sans
pouvoir les obtenir, insuccès final qui les rac-
commodait et leur faisait maudire en com-
mun la détestable engeance humaine !

Pour laquelle de ces œuvres lui faut-il le
Tacite de notre père dont l'édition manque
dans la bibliothèque de l'Arsenal ? Ce désir
fait le sujet de sa troisième lettre.

« Il me faut absolument le Tacite de mon père ;
il n'en a pas besoin, maintenant qu'il est dans la
Chine ou dans la Bible !... »

Mon père, enthousiasmé des Chinois (peut-
être à cause de leur longévité comme
peuple), lisait alors les gros livres des jé-
suites missionnaires qui ont décrit la Chine
les premiers ; il annotait aussi de précieuses
éditions de la Bible qu'il possédait, livre qui,
en tout temps, causa son admiration.

« Il ne te faut pas longtemps pour savoir où est

la clef de la bibliothèque! Papa n'est pas toujours chez lui, il se promène tous les jours! et le farinier Godard est là pour m'apporter le Tacite!

» A propos, *Coqsigrue* dépasse présentement mes forces, il faut le ruminer et attendre pour l'écrire.

» Je n'aime pas, ma chère, tes travaux historiques et tes tableaux siècle par siècle. Pourquoi t'amuser (et le mot est mal choisi) à refaire l'ouvrage de Blair? Prends-le dans la bibliothèque, il ne doit pas être loin du Tacite, et apprends-le par cœur; mais à quoi bon? Une jeune fille en sait assez quand elle ne *fricasse* pas Annibal avec César, ne prend pas le Trasimène pour un général d'armée, et *Pharsale* pour une dame romaine; lis Plutarque et deux ou trois livres de ce *calibre-là*, et tu seras *calée* pour toute ta vie, sans déroger à ton titre charmant de femme. Veux-tu donc devenir une savante? Fi!... fi!...

» J'ai fait cette nuit un rêve délicieux; je lisais Tacite que tu m'avais envoyé!...

» Talma joue maintenant Auguste dans *Cinna*. J'ai grand'peur de ne pouvoir résister à l'aller voir; mais quelle folie!... mon estomac en tremble!...

» Les nouvelles de mon ménage sont désas-

treuses, les travaux nuisent à la propreté. Ce
coquin de *Moi-même* se néglige de plus en plus.
Il ne descend que tous les trois ou quatre jours pour
les achats, va chez les marchands les plus voisins
et les plus mal approvisionnés du quartier ; les
autres sont trop loin, et le garçon économise au
moins ses pas ; de sorte que ton frère (destiné à
tant de célébrité) est déjà nourri absolument
comme un grand homme, c'est-à dire qu'il meurt
de faim !

» Autre sinistre : le café fait d'affreux *gribouil-
lis* par terre ; il faut beaucoup d'eau pour réparer
le dégât ; or, l'eau ne montant pas naturellement
dans ma *céleste* mansarde (elle y descend seulement les jours d'orage), il faudra aviser, après
l'achat du piano, à l'établissement d'une machine
hydraulique, si le café continue à s'enfuir, pendant que maître et serviteur bayent aux cor-
neilles.

» Avec le **Tacite**, n'oublie pas de m'envoyer un
couvre-pied ; si tu pouvais y joindre quelque *vieil-
lissime* châle, il me serait bien utile. Tu ris ? C'est
ce qui me manque dans mon costume nocturne.
Il a fallu d'abord penser aux jambes qui souffrent
le plus du froid ; je les enveloppe du carrick tou-
rangeau que Grogniart, de *boustiquante* mémoire,

cousillonna. (Grogniart était un petit tailleur de Tours chargé jadis d'ajuster à la taille du fils les habits du père, et qui ne s'acquittait pas de ce travail à la satisfaction d'Honoré.)

» Le susdit carrick n'arrivant qu'à mi-corps, reste le haut mal défendu contre la gelée, qui n'a que le toit et ma veste de molleton à traverser pour arriver à ma peau fraternelle, trop tendre, hélas ! pour le supporter ; de sorte que le froid *me pipe.*

» Quant à la tête, je compte sur une calotte *dantesque*, pour qu'elle puisse braver aussi l'aquilon. Ainsi équipé, j'habiterai fort agréablement mon palais !...

» Je finis cette lettre comme Caton finissait ses discours ; il disait : Que Carthage soit détruite ! Moi, je dis : Que le Tacite soit pris ! et je suis, chère historienne, de vos quatre pieds huit pouces, le très-humble serviteur. »

Voici une lettre (d'août 1819) que je copie tout entière, après avoir préalablement donné les explications nécessaires pour la rendre intelligible.

Mon père, pour épargner à son fils des froissements d'amour-propre en cas du

non-succès de ses espérances, le disait
absent de Paris. C'était d'ailleurs un moyen
de le préserver de toute tentation mondaine.

M. de Villers, dont il parle dans cette lettre, était un vieil ami de la famille, ancien
abbé et comte de Lyon, retiré à Nogent, petit village situé près de l'Isle-Adam. Mon
frère avait déjà fait plusieurs séjours chez
lui; la spirituelle conversation de ce bon
vieillard, ses curieuses anecdotes sur l'an-
cienne cour où il avait obtenu de grands
succès, les encouragements qu'il donnait à
mon frère, dont il était le confident, avaient
fait naître une telle affection entre eux,
qu'Honoré appelait plus tard l'Isle-Adam
son paradis inspirateur.

« Tu veux des nouvelles, il faut que je les
fasse; personne ne passe dans mon grenier, je ne
peux donc te parler que de moi et t'envoyer
autre chose que des fariboles; exemple :

» Le feu a pris rue Lesdiguières, nº 9, à la tête
d'un pauvre garçon, et les pompiers n'ont pu
l'éteindre. Il a été mis par une belle femme qu'il
ne connaît pas : on dit qu'elle demeure aux Quatre-

3.

Nations, au bout du pont des Arts ; elle s'appelle *la Gloire.*

» Le malheur est que le brûlé raisonne, et il se dit :

» Que j'aie ou non du génie, je me prépare dans les deux cas bien des chagrins !

» Sans génie, je suis flambé ! il faudra passer la vie à sentir des désirs non satisfaits, de misérables jalousies, tristes peines !...

» Si j'ai du génie, je serai persécuté, calomnié ; je sais bien qu'alors Mlle la Gloire essuiera bien des pleurs !...

» Il serait temps encore de faire partie nulle et de devenir un M. ***, qui juge tranquillement les autres sans les connaître, qui jure après les hommes d'État sans les comprendre, qui gagne au jeu, même en écartant les atouts, l'heureux homme ! et qui pourra bien un jour devenir député, parce qu'il est riche, l'homme parfait !

» Si je gagnais demain un quine à la loterie, j'aurais raison comme lui, quoi que je fasse ou dise ; mais n'ayant pas d'argent pour acheter cette espérance, je n'ai pas cette merveilleuse chance pour en imposer aux sots !... *Patraque d'humanité !...*

» Parlons plutôt de mes plaisirs ! J'ai fait hier un

boston chez mes propriétaires, où, après avoir
entassé misères sur piccolos et avoir eu des chances d'innocent (j'avais peut-être songé à M. ***),
j'ai gagné... trois sols !...

» Maman va dire : « Allons, Honoré va devenir
» joueur !... » Point, mère, je veille sur mes passions.

» J'ai songé qu'après l'hiver laborieux que je
viens de passer, quelques jours de campagne me
seraient bien nécessaires !...

» Non, maman, ce n'est pas pour fuir ma bonne
vache enragée : j'aime ma vache ; mais quelqu'un
près de vous, vous dira que l'exercice et le grand
air sont bien utiles à la santé de l'homme ! Or
donc, comme Honoré ne peut se montrer chez
son père, pourquoi n'irait-il pas chez le bon M. de
Villers, qui l'aime jusqu'à soutenir le pauvre re-
belle ?

» Une idée, mère ! si vous lui écriviez pour ar-
ranger ce voyage ? Allons, c'est comme si c'était
fait ; vous avez beau prendre votre air sévère, on
sait que vous êtes bonne au fond, et l'on ne vous
craint qu'à demi !

» Quand viendrez-vous me voir ? boire mon
café, manger des œufs *brouillés, raccommodés* sur
un plat que vous m'apporterez ? car si je succombe

à *Cinna*, il faudra renoncer à monter mon ménage et peut-être même au piano et à la machine
hydraulique.

» L'Iris messagère ne vient pas! J'achèverai demain cette lettre.

DEMAIN.

« Pas d'Iris encore!... Se dérangerait-elle?...
(Elle avait soixante-dix ans.) Je ne la vois jamais
qu'à la volée et toujours si essoufflée, qu'elle peut à
peine me rendre compte du quart de ce que je
voudrais savoir. Pensez-vous à moi autant que je
pense à vous? Criez-vous quelquefois au whist ou
au boston : « Honoré, où es-tu? » Je ne t'ai pas
dit qu'avec l'incendie j'ai eu aussi d'affreuses
rages de dents. Elles ont été suivies d'une fluxion
qui me rend présentement hideux.

» Qui dit : *Fais arracher?* Que diable! on tient
à ses dents, et il faut mordre, d'ailleurs, quelquefois dans mon état, quand ce ne serait qu'au travail!

» J'entends le souffle de la déesse.

» Ah! vous êtes maintenant sous le charme de
la famille M.....; fais un recueil de tous les hélas
de la belle-mère, redis-moi bien ce qu'elle soupi-
rera... Je m'en remets à toi pour rire, tu es mon

Momus, mon bon Momus, car je me suis cru à votre dîner de réception ; tes récits sont la manne de mon désert.

» Merci de vos tendresses et de vos provisions ; je t'ai reconnue dans le pot de confitures et les fleurs. »

Après bien des hésitations, c'est la tragédie de *Cromwell* qu'il choisit pour son œuvre de début (tragédie classique, comme on le verra ci-après) ·

« J'ai choisi le sujet de Cromwell, parce qu'il est le plus beau de l'histoire moderne. Depuis que j'ai soulevé et pesé ce sujet, je m'y suis jeté à corps perdu. Les idées m'accablent, mais je suis sans cesse arrêté par mon peu de génie pour la versification. Je me mangerai plus d'une fois les ongles, avant d'avoir achevé mon premier monument. Si tu connaissais les difficultés de pareilles œuvres ! LE GRAND RACINE a passé deux ans à polir *Phèdre*, le désespoir des poëtes. Deux ans !... deux ans !... y penses-tu ?... deux ans !...

» Mais qu'il m'est doux, en me consumant nuit et jour, d'associer mes travaux aux personnes qui me sont chères ! Ah ! sœur, si le ciel m'a doué de quelque talent, ma plus grande joie sera de voir

ma gloire rejaillir sur vous tous ! Quel bonheur de
vaincre l'oubli, d'illustrer encore le nom de Balzac !
A ces pensées, mon sang bouillonne ! Lorsque je
tiens une belle idée, il me semble entendre ta voix
qui me dit : « Allons, courage ! »

» Je me délasse en *croquignolant Stella*, un
gentil petit roman.

» J'ai décidément abandonné mon opéra-co-
mique. Je ne puis trouver un compositeur dans
mon trou, je ne dois pas d'ailleurs écrire pour le
goût actuel, mais faire comme ont fait les Racine
et les Corneille, travailler comme eux pour la postérité !... Le second acte, au surplus, était faible,
et le premier *trop brillant de musique*. (Trop brillant de musique ! le caractère de l'homme est
dans ces quatre mots ; il voyait, il entendait cet
opéra !...) Et réfléchir pour réfléchir, j'aime mieux
réfléchir sur Cromwell. Mais il entre ordinairement
deux mille vers dans une tragédie, juge que de
réflexions !... Plains-moi. Que dis-je ? Non, ne me
plains pas, car je suis heureux ; envie-moi plutôt,
et pense à moi souvent. »

Ses espérances étaient parfois mêlées d'inquiétude. Voici une de ses lettres où il les
exprime :

« Ah! sœur, que j'ai de tourments! Je ferai une pétition au pape pour la première niche de martyr vacante! Je viens de découvrir à mon *régicide* un défaut de conformation et il fourmille de mauvais vers! Je suis aujourd'hui un vrai *Pater dolorosa*. Si je suis un misérable rimailleur, il faut se pendre! Je ressemble, avec ma pauvre tragédie, à Perrette au pot au lait, et ma comparaison ne sera peut-être que trop réelle!... Il faut pourtant réussir cette œuvre, et, coûte que coûte, avoir quelque chose de fini quand maman me demandera compte de mon temps! Je passe les nuits au travail; ne lui en dis rien, car elle s'inquiéterait. Quelles peines donnent l'amour de la gloire! Vivent les épiciers, morbleu! ils vendent tout le jour, comptent le soir leur gain, se délectent de temps à autre à quelque affreux mélodrame, et les voilà heureux!... Oui, mais ils passent leur temps entre le gruyère et le savon. Vivent plutôt les gens de lettres; oui, mais ils sont tous gueux d'argent et seulement riches de morgue. Bah! laissons faire les uns et les autres, et vive tout le monde!

» Voici l'état de situation que tu demandes :

BEAUX-ARTS.

» La musique me manque!... Tu me parles pein-ture, méchante! Comment veux-tu que je me permette d'aller au Musée, quand je suis présentement à Alby ? J'attendais hier le traître D..... pour lui faire rendre gorge sur les tableaux ; j'avais apprêté sa chaise, ça m'a porté malheur, il n'est pas venu !...

EXTÉRIEUR.

» J'ai rencontré M. de V. et M. F. Dites que ce n'est pas moi. Je voudrais cependant bien ne ressembler à personne !...

INTÉRIEUR.

» J'ai mangé deux melons !... Il faudra les payer à force de noix et de pain sec.

PROJETS.

» Si vous me donniez un jour rendez-vous sur les bords du canal de l'Ourcq, près de tel ou tel pont ? Il ne faudrait jamais que trois heures de marche pour aller vous trouver, et trois heures pour revenir à ma mansarde, et l'*Albigeois* aurait vu tout ce qu'il a de cher au monde ! Avisez ! »

Il m'envoie le plan de sa tragédie, mais en grande confidence, car il veut en réserver la surprise à la famille. Aussi écrit-il en tête de sa lettre : *Pour toi seule.*

« Ce n'est pas un médiocre cadeau ni une petite preuve d'amitié que je te donne là, que de te faire assister ainsi à l'enfantement du génie! (Moque-toi!)

» Comme ce n'est encore qu'un projet, j'ai laissé une marge, te permettant d'y inscrire tes sublimes observations.

» Malgré cette liberté grande que je vous donne, mademoiselle, lisez avec respect le plan de Sophocle jeune.

» Dire qu'on lit en une heure ce qui a dépensé quelquefois des années à écrire!...

ACTE PREMIER.

» Henriette d'Angleterre, accablée de fatigue et déguisée sous d'humbles vêtements, entre dans Westminster, soutenue par le fils de Strafford ; elle revient d'un long voyage. Elle a été, selon l'ordre de Charles Ier, conduire ses enfants en Hollande et solliciter des secours à la cour de France. Strafford en larmes lui apprend les derniers événements. Le roi prisonnier dans Westminster, accusé par le Parlement, attend son jugement. Tu comprends l'élan de la reine à ces nouvelles, elle veut partager le sort de son époux.

» Entrent Cromwell et son gendre Ireton. Ils

ont donné rendez-vous dans ce lieu aux conjurés.

» La reine, effrayée, se cache derrière une tombe royale.

» Les conspirateurs arrivent et elle entend discuter si on fera mourir ou non le roi. Scène fort vive où Fairfax (un honnête garçon) défend les jours de l'illustre prisonnier et dévoile l'ambition de Cromwell. Celui-ci rassure tout son monde. Après quoi on conclut à la peine de mort.

» La reine se montre et leur fait un fameux discours!...

» Cromwell et ses amis la laissent parler, enchantés de tenir une victime qui leur manquait. Il sort avec ses complices pour assurer le succès de leurs projets, et la reine se rend auprès du prisonnier.

ACTE SECOND.

» Charles Ier, seul, repasse dans sa mémoire les événements et les faits de son règne. Quel monologue!

» La reine arrive. C'est encore là où il faudra du talent! L'amour conjugal sur la scène pour tout potage! il faut qu'il embrase la pièce. Il doit régner dans cette entrevue douloureuse un ton si mélancolique et si tendre, que c'est déjà à désespérer ; il faut tout bonnement arriver au sublime.

» Cromwell vient chercher le roi pour la séance. Scène fort épineuse encore, où il faut mettre en relief les caractères si différents des trois interlocuteurs (étude historique difficile).

» Strafford vient avertir la reine qu'une petite armée de royalistes s'est emparée des fils de Cromwell revenant de dompter l'Irlande. En mettant Cromwell entre ses fils et le trône, on sauvera peut-être le roi. L'acte finit sur cette lueur d'espérance. »

Je passe les troisième et quatrième actes ; ils se traînent un peu, il faut l'avouer. A la fin du quatrième, Charles Ier rend à Cromwell ses fils sans condition, abandonnant ainsi toute chance de salut.

ACTE CINQUIÈME ET LE PLUS DIFFICILE DE TOUS.

« La sentence n'est pas encore connue ; mais Charles Ier, qui ne s'abuse pas, entretient la reine de ses dernières volontés. (Quelle scène !) Strafford sait la condamnation et vient l'annoncer à son maître afin qu'il y soit préparé avant d'entendre son arrêt. (Quelle scène !) Ireton arrive chercher le roi pour le conduire devant ses juges. Charles Iᵉʳ dit à Strafford qu'il lui réserve l'honneur de le conduire à l'échafaud. Adieux du roi et de la reine. (Quelle scène!) Fairfax accourt, il prévient la reine de son danger, il faut qu'elle fuie sur-le-champ, on veut la retenir prisonnière et lui faire aussi son procès.

» La reine, tout à son désespoir, n'entend rien d'abord, puis elle éclate tout à coup en imprécations contre l'Angleterre : elle vivra pour la vengeance, elle lui soulèvera partout des ennemis, la France la combattra, la dominera, l'écrasera un jour.

» Ce sera le feu de joie, et je te réponds que ce sera *tapé* de main de maître !

» Puis le parterre, trempé de larmes, ira se coucher.

» Aurai-je assez de talent? Je veux que ma tragédie soit le bréviaire des peuples et des rois!

» Il faut débuter par un chef-d'œuvre ou me tordre le cou!... Je te supplie, par notre amour fraternel, de ne jamais me dire: *C'est bien.* Ne me découvre que les fautes ; quant aux beautés, je les connais de reste.

» Si quelques pensées t'arrivent chemin faisant, écris-les en marge ; laisse les jolies, il ne faut que les sublimes.

» Il est impossible que tu ne trouves pas ce plan superbe ! Quelle belle exposition ! Comme l'intérêt grandit de scène en scène ! L'incident des fils de Cromwell est admirablement trouvé. J'ai aussi inventé fort heureusement le caractère du fils de Strafford. La magnanimité de Charles Ier rendant à Cromwell ses fils est plus belle que celle d'Auguste pardonnant à Cinna.

» Il y a bien encore quelques fautes, mais elles sont légères et je les ferai disparaître.

» J'ai tellement pris part à tout ce que tu m'écris, que je me sentais attendri comme s'il s'agissait d'un vers de *Cromwell*.

» Pourvu que le château n'aille pas défendre ma tragédie !

» Si je m'écoutais, je couvrirais une rame de papier en t'écrivant; mais *Cromwell ! Cromwell* qui crie après moi !

» Ce qui me coûte le plus, c'est l'exposition. Il faut que ce luron de Strafford fasse le portrait du régicide, et Bossuet m'épouvante. Cependant j'ai déjà quelques vers qui ne sont pas mal tournés. Ah ! sœur ! sœur ! que d'espérances et de déceptions !... peut-être... »

Des mois passent à ce travail dont il m'entretient sans cesse avec de continuelles alternatives d'espérance ou d'inquiétude. Je les supprime comme redites.

De graves pensées se mêlent déjà dans ses lettres à sa juvénile gaieté :

« J'ai abandonné le jardin des Plantes pour le Père-Lachaise. Le jardin des Plantes est trop triste. Je trouve dans mes promenades au Père-Lachaise de bonnes grosses réflexions inspiratrices , et j'y fais des études de douleur utiles pour *Cromwell ;* la douleur vraie est si difficile à peindre, il faut tant de simplicité !

» Décidément, il n'y a de belles épitaphes que celles - ci : *La Fontaine , Masséna , Molière.* Un seul nom qui dit tout et qui fait rêver !... »

Et il rêve aux grands hommes, il s'attendrit sur ceux qui furent victimes du vulgaire qui ne comprit ni leurs idées , ni leurs actions, ni leurs œuvres. Il conclut :

« Que la biographie des grands hommes sera en tout temps la consolation de la médiocrité. »

Il se plaît particulièrement sur la hauteur d'où l'on découvre tout Paris, où son Ras-

tignac vient s'asseoir après avoir rendu les
derniers devoirs au père Goriot ; là même
où Balzac repose aujourd'hui, il s'y demanda
plus d'une fois, en songeant aux illustres
morts qui dormaient autour de lui, si l'on
viendrait aussi un jour saluer sa tombe !

Dans ses jours d'espérance, comme Ras-
tignac, il s'écrie :

« A moi ce monde, que je comprends!... »

Puis il rentre dans sa mansarde,

« Où il fait noir comme dans un four, et où
sans moi l'on ne verrait goutte, » ajoute-t-il plaisamment.

Comme son Desplein de *la Messe de l'athée*,
il se plaint que l'huile de sa lampe lui
coûte plus cher que son pain ; mais il aime
toujours sa mansarde.

« Le temps que j'y passerai sera pour moi une
source de doux souvenirs ! Vivre à ma fantaisie,
travailler selon mon goût et à ma guise, ne rien
faire si je veux, m'endormir sur l'avenir que je
fais beau, penser à vous en vous sachant heu-

reux, avoir pour maîtresse la Julie de Rousseau, la
Fontaine et Molière pour amis, Racine pour
maître et le Père-Lachaise pour promenade ! Ah !
si cela pouvait durer toujours !... »

Le jugement de l'ami qui voulait faire de
lui un expéditionnaire lui revient souvent à
la mémoire et l'inquiète parfois ; puis il s'en
indigne et s'écrie :

« Je donnerai un démenti à cet homme ! »

Le démenti donné, il lui dédia, pour toute
vengeance, l'une de ses plus belles œuvres.
Il n'oublie pas non plus le sourire des
femmes qui accueillit sa chute au bal ; il
espère obtenir d'elles d'autres sourires.
Ces pensées redoublent son ardeur au
travail ; les plus petites circonstances mènent souvent à de grands résultats ; elles
ne font pas la vocation, mais elles l'aiguil-
lonnent.
Dans une autre lettre, assez remarquable
pour que je m'en souvienne, il commençait
à entrevoir les divers horizons de la vie so-

ciale, les obstacles qu'il faut vaincre en toute
carrière pour s'y frayer un chemin à travers
la foule qui en encombre les abords! Cette
lettre, écrite évidemment pour ma mère,
lui fut sans doute remise, car elle manque à
la collection.

Il y analysait les soucis et les travaux qui
attendent l'avocat, le médecin, l'homme de
guerre, le négociant, les heureux hasards
qu'il faut encore qu'ils rencontrent pour arriver à se mettre en lumière et pour réussir;
il ne se dissimulait pas non plus les difficultés et les épines de la profession littéraire;
mais il y en avait partout; alors, pourquoi
ne pas laisser la liberté à celui qui se sentait
une vocation irrésistible? C'était la morale
de la lettre.

Je transcris un dernier fragment de cette
correspondance datée de la mansarde; il est
curieux pour l'époque où il fut écrit (avril
1820) et prouve la lucidité d'un esprit qui
méditait déjà sur tous les sujets.

« Je suis plus engoué que jamais de ma carrière par une foule de raisons dont je ne déduirai
que celles que tu n'aperçois peut-être pas. Nos
révolutions sont loin d'être terminées; à la manière dont les choses s'agitent, je prévois encore
bien des orages. Bon ou mauvais, le système re-
présentatif exige d'immenses talents; les grands
écrivains seront nécessairement recherchés dans
les crises politiques; ne réunissent-ils pas à la
science, l'esprit d'observation et la profonde connaissance du cœur humain ?

» Si je suis un *gaillard* (c'est ce que nous
ne savons pas encore, il est vrai), je puis avoir
un jour autre chose que l'illustration littéraire ;
et ajouter au titre de grand écrivain celui de
grand citoyen, est une ambition qui peut tenter
aussi!... »

La scène va changer ; aux premières espérances d'Honoré, vont succéder ses premières déceptions.

A la fin d'avril 1820, il arrive chez mon
père avec sa tragédie achevée. Il est bien
joyeux, car il compte sur un triomphe ; aussi
désire-t-il que quelques amis assistent à sa

lecture. Il n'oublie pas celui qui s'est si étrangement mépris sur son compte !

Les amis arrivent, l'épreuve solennelle commence. L'enthousiasme du lecteur va toujours se refroidissant en remarquant le peu d'impression qu'il produit et les visages glacés ou atterrés de ceux qui l'entourent. J'étais du nombre des atterrés. Ce que je souffris pendant cette lecture était un avant-goût des terreurs que les premières représentations de *Vautrin* et *Quinola* devaient me donner.

Cromwell n'était pas encore une vengeance contre M***; celui-ci, brusque comme à l'ordinaire, dit son opinion sur la tragédie sans aucun ménagement.

Honoré se récrie, décline le juge ; mais les autres auditeurs, quoique plus doux, s'accordent aussi à trouver l'œuvre fort imparfaite.

Mon père réunit toutes les opinions en proposant de faire lire *Cromwell* à une autorité compétente et impartiale. M. Surville, ingénieur du canal de l'Ourcq, qui deviendra son beau-frère, propose son ancien professeur à l'École polytechnique.

Mon frère accepte ce doyen littéraire pour juge souverain.

Le bon vieillard, après une lecture consciencieuse, déclare que l'auteur doit faire *quoi que ce soit, excepté de la littérature.*

Honoré reçoit cet arrêt en pleine poitrine sans broncher ni se tordre le cou, parce qu'il ne se reconnaît pas vaincu.

— Les tragédies ne sont pas mon fait, voilà tout, dit-il; et il reprend la plume.

Mais quinze mois de mansarde l'ont tellement amaigri, que ma mère ne lui permet pas d'y retourner et le reprend au logis, où elle le soigne avec sollicitude.

C'est alors qu'il écrivit, dans l'espace de cinq années, plus de quarante volumes qu'il juge comme des essais fort imparfaits; aussi les publie-t-il sous des pseudonymes différents, par respect pour ce nom de Balzac déjà célèbre, qu'il veut illustrer une seconde fois.

La médiocrité n'a pas de si modestes allures !...

Je me garderai de citer un seul titre de ces premiers ouvrages, voulant obéir à sa volonté expresse qui fut de ne jamais les avouer.

Matériellement fort heureux chez son père, il regrette cependant cette chère mansarde où il avait la tranquillité qui lui manque dans cette sphère d'activité où (maîtres et serviteurs compris) dix personnes s'agitent autour de lui, où les petits comme les grands événements de la famille le dérangent sans cesse, où enfin, même au travail, il entend les rouages de la machine domestique que l'infatigable et vigilante maîtresse met en mouvement.

Dix-huit mois après sa réinstallation chez son père, j'habitais momentanément Bayeux, et notre correspondance recommence. Mon frère, au milieu des siens, me parle beaucoup plus d'eux que de lui, et avec la liberté que lui donne la confiance. Il s'y trouve des scènes

4.

d'intérieur et des conversations qu'on pourrait prendre pour des pages enlevées à LA COMÉDIE HUMAINE. Dans l'une de ces lettres, il compare son père à ces pyramides d'Égypte immuables au milieu des tourbillons de sable du désert.

Dans une autre, il m'annonce le mariage de notre sœur Laurence ; son portrait, celui de son fiancé, l'enthousiasme de la famille pour ce second gendre, tout est peint de main de maître, c'est déjà la plume de Balzac. Il termine par ces deux lignes :

« Nous sommes tous de fiers originaux dans notre sainte famille. Quel dommage que je ne puisse nous mettre en romans !

Ces lettres n'auraient pas d'intérêt pour le public, je n'en extrairai donc que ce qui se rapporte à mon frère.

Voici son premier accès de découragement ; il avance dans la vie et s'aperçoit que le chemin est difficile :

« Tu me demandes des détails de fête et je n'ai

aujourd'hui que des tristesses au cœur! Je me
trouve le plus malheureux des malheureux qui
vivotent sous cette belle calotte céleste que l'Éter-
nel a brillantée de ses mains puissantes!

» Des fêtes!... c'est une triste litanie que j'ai à
t'envoyer.

» Mon père, en revenant du mariage de Laurence (il avait été célébré à Paris), a eu dans sa
voiture l'œil gauche déchiré par le fouet de Louis,
triste présage... le fouet de Louis toucher à cette
belle vieillesse, notre joie et notre orgueil à tous!
Le cœur saigne! On a cru d'abord le mal plus
grand qu'il n'est heureusement! Le calme appa-
rent de mon père me faisait peine, j'aurais préféré des plaintes, je me serais figuré que des
plaintes l'auraient soulagé! mais il est si fier, à bon
droit, de sa force morale, que je n'osais même le
consoler, et la douleur du vieillard fait autant
souffrir que celle d'une femme!

» Je ne pouvais ni penser ni travailler, il faut
pourtant écrire, écrire tous les jours pour conqué-
rir l'indépendance qu'on me refuse! Essayer de
devenir libre à coups de romans, et quels romans! Ah! Laure, quelle chute de mes projets de
gloire!

» Avec quinze cents francs de rente assurés, je
pourrais travailler à ma célébrité, mais il faut le

temps pour de pareils travaux, et il faut vivre d'abord! Je n'ai donc que cet ignoble moyen pour m'*indépendantiser!*

» Fais donc gémir la presse, mauvais auteur (et le mot n'a jamais été si vrai)!

» Si je ne gagne pas promptement de l'argent, le spectre de la place reparaîtra, je ne serai pas notaire toutefois, car M. T... vient de mourir. Mais je crois que M. *** me cherche sourdement une place, quel terrible homme! Comptez-moi pour mort si on me coiffe de cet éteignoir, je deviendrai un cheval de manége qui fait ses trente ou quarante tours à l'heure, mange, boit, dort à des instants réglés d'avance.

» Et l'on appelle vivre cette rotation machinale, ce perpétuel retour des mêmes choses!...

» Encore si quelqu'un jetait un charme quelconque sur ma froide existence! Je n'ai pas les fleurs de la vie et je suis pourtant dans la saison où elles s'épanouissent! A quoi bon la fortune et les jouissances quand ma jeunesse sera passée? Qu'importe des habits d'acteur si l'on ne joue plus de rôle? Le vieillard est un homme qui a dîné et qui regarde les autres manger, et moi, jeune, mon assiette est vide et j'ai faim! Laure, Laure, mes deux seuls et immenses désirs, *être célèbre* et *être aimé*, seront-ils jamais satisfaits?.,. »

Dans la lettre qui suit, mon frère m'annonce son troisième et son quatrième roman :

« Je t'envoie deux nouveaux ouvrages, ils sont encore fort mauvais et fort peu littéraires surtout ! Tu trouveras dans l'un des deux quelques plaisanteries assez drôles et des espèces de caractères, mais un plan détestable.

» Le voile ne tombe, malheureusement, qu'après l'impression, et, quant aux corrections, il n'y faut pas songer, elles coûteraient plus que le livre. Le seul mérite de ces deux romans, ma chère, est le millier de francs qu'ils me rapportent, mais la somme n'a été réglée qu'en billets à longues échéances. Seront-ils payés ?

» Je commence, toutefois, à tâter et reconnaître mes forces ; sentir ce que je vaux et sacrifier la fleur de ses idées à de pareilles inepties ! Il y a de quoi pleurer !

» Ah ! si j'avais ma *pâtée*, j'aurais bien vite ma *niche* et j'écrirais des livres qui resteraient peut-être !

» Mes idées changent tellement que le *faire* changerait bientôt ! Encore quelque temps, et il y aura entre le moi d'aujourd'hui et le moi de

demain la différence qui existe entre le jeune
homme de vingt ans et l'homme de trente! Je ré-
fléchis, mes idées mûrissent, je reconnais que la
nature m'a traité favorablement et me donnant
mon cœur et ma tête. Crois-moi, chère sœur, car
j'ai besoin d'une croyante, je ne désespère pas
d'être un jour quelque chose; car je vois aujour-
d'hui que *Cromwell* n'avait pas même le mérite
d'être un embryon; quant à mes romans, ils ne
valent pas le diable, mais ils ne sont pas si tenta-
teurs. »

Il se jugeait certes trop sévèrement; ces
ouvrages ne contenaient encore, il est vrai,
que les germes de son talent, mais il y faisait de tels progrès d'un ouvrage à l'autre,
qu'il eût pu signer les derniers, sans faire
tort à sa réputation à venir.

Heureusement il passait vite de la peine à
la joie, car les lettres qui suivent sont pleines
d'entrain et de gaieté.

Ses romans lui sont payés plus cher et lui
coûtent moins à faire.

« Si tu savais comme le plan de ces ouvrages-là
coûte peu à tracer, les titres des chapitres à écrire

et les pages à remplir! Tu en jugeras d'ailleurs, car, puisque ton mari m'invite, j'irai bien certainement passer trois bons mois chez vous cette année. »

Il fait force projets, il a force espérances; il se voit déjà riche et marié. Il commence à désirer la fortune, mais seulement comme moyen de réussite. Il décrit la femme qu'il veut et parle du bonheur conjugal en homme qui ne médite pas encore *la Physiologie du mariage.*

Pour me distraire du chagrin que me cause mon éloignement de ma famille, il me fait mille contes, me gronde de ma tristesse en citant du Rabelais et termine par l'éloge de Roger Bontemps.

Un autre jour, il raconte les nouvelles du village avec une verve pleine de folie. Chaque voisin se plaint de son voisin, il fait causer tout le monde. C'est déjà le chercheur de secrets, l'explorateur de l'âme; de fines critiques, de fines remarques, de sages réflexions surgissent tout à coup au milieu de sa gaieté. Ces spirituelles chroniques provoquent le rire et trahissent déjà cette verve rabelaisienne qui le distingue des écrivains de son temps.

« Je t'écris aujourd'hui sur des sujets de la plus haute importance. Il ne s'agit de rien moins que de savoir l'opinion qu'on aura de nous. Tu crois peut-être, d'après ce début, que je m'inquiète de ce que Bayeux, Caen et la Normandie tout entière pensent de mes belles œuvres? Ah bien oui! C'est bien autrement grave!

» Il est question, ma chère, du voyage de notre mère chez toi, et voici les problèmes que tu auras à résoudre dans ta réponse :

» Qu'est-ce que Bayeux? Faut-il y porter des nègres, des pages, des équipages, des diamants, des dentelles, des cachemires, de la cavalerie ou de l'infanterie, c'est-à-dire des robes décolletées ou colletées? La mise est-elle *seria* ou *buffa?*

» Sur quelle clef chante-t-on? Sur quel pied danse-t-on? Sur quel bord marche-t-on? Sur quel ton parle-t-on? Quelles personnes voit-on? mitaine ton ton!

» Il ne m'appartient pas d'entrer dans les profondeurs de questions si graves, discute-les, résous-les; de lourdes responsabilités pèsent sur toi dans un avenir très-prochain, je ne puis te le dissimuler, et me dis ton serviteur en toutes choses, excepté en celle-ci. »

Il va à l'Isle-Adam. Il y assiste au convoi d'un docteur tel que celui qu'il a décrit dans son *Médecin de campagne*. Cet homme, qu'il a connu dans ses précédents séjours, bienfaiteur du pays, aimé et regretté de tous, lui donna l'idée de ce livre. Ce mort deviendra un jour le vivant M. Bénassis! Partout il étudie, villes, villages, campagnes, habitants, recueillant les mots qui peignent un caractère ou résument une situation. Il appelait fort trivialement l'album où il consignait tout ce qu'il entendait de remarquable, son *garde-manger*.

Mais, bercé et endormi un instant par l'espérance, il est bientôt réveillé par la triste réalité. Ses romans non-seulement ne le font pas riche, mais ne suffisent même pas au nécessaire.

Les doutes et les anxiétés de la famille

recommencent; on parle de prendre un parti.

Réussir à faire imprimer ses livres était néanmoins déjà un grand succès, et révélait une habileté hors ligne et des talents de fascination peu communs, car l'éditeur est longtemps un mythe pour le pauvre débutant, ordinairement accueilli et éconduit par le libraire avec cette phrase décourageante : *Vous êtes inconnu, et vous voulez que j'édite vos livres ?* Être célèbre avant d'avoir écrit est donc le premier problème à résoudre dans cette carrière, à moins d'entrer dans le champ de bataille littéraire à la façon du boulet de canon ; or, mon frère ne reconnaissait pas encore à ses œuvres cette force d'impulsion ; il n'avait d'ailleurs aucune protection dans les lettres, et sauf un ami de collége, entré depuis dans la magistrature et qui avait fait avec lui son premier roman, personne ne l'aidait ni ne l'encourageait ! Craignant d'être contraint d'accepter des chaînes, honteux d'ailleurs de la dépendance dans laquelle on le tenait toujours au logis il se résolut à tenter des spéculations qui seules pouvaient lui donner sa liberté. On était en 1823, mon frère avait alors près de vingt-cinq ans.

Ici commencèrent des désastres qui décidèrent des malheurs de sa vie. Beaucoup de gens ignorent que mon frère dépensa autant d'énergie et d'intelligence à lutter contre l'infortune, qu'il lui en fallut pour écrire LA COMÉDIE-HUMAINE, cette œuvre qui, de quelque façon qu'on la juge, lui donna cette célébrité, la plus ardente passion de sa vie. Ceux qui furent dans le secret de son existence se demandent avec autant d'attendrissement que de respect comment un homme trouva assez de temps, de forces physiques et surtout de forces morales pour suffire à d'aussi grands labeurs !...

Si on lui eût assuré alors les modestes quinze cents francs qu'il demandait pour gagner son premier succès, quelles adversités sa famille ne lui eût-elle pas épargnées, ainsi qu'à elle-même ? Quelle fortune Balzac n'eût-il pas faite avec cette plume dont il connaissait la valeur ? Énergique et patient comme tout génie, il eût retourné dans la solitude, où cette rente lui eût suffi. Extrême en ses désirs, il lui fallait ou le palais ou le grenier ; amoureux du luxe, il savait s'en passer.

« Le grenier a sa poésie, » disait-il souvent. C'était partout où elle n'existait pas qu'il était mal à l'aise.

Mais, question qui restera toujours insoluble, n'est-ce pas le malheur qui développa son talent ? Balzac, riche et heureux, serait-il devenu cet inquisiteur de l'humanité qui surprit tous ses secrets, mit à nu tous ses sentiments et jugea de si haut tous ses maux ?

Cette lucidité de l'homme supérieur, qui lui fait saisir toutes les faces des idées, ne s'acquiert-elle pas au prix de bien des douleurs et de misères ressenties ?

Lucidité toutefois funeste en ce point, que ceux qui ne comprennent pas ces puissantes facultés (et le nombre en est grand!) doutent quelquefois de la moralité de celui qui les possède.

Les détails arides qui suivent, et que j'abrégerai le plus possible, sont nécessaires pour expliquer les malheurs de l'existence de Balzac, malheurs si peu ou si mal connus, que ses amis mêmes les attribuèrent à des folies qu'il ne fit pas.

Quand Honoré venait à Paris, il descendait dans l'appartement que mon père y avait conservé; là, il s'était lié avec un voisin à qui il raconta le chagrin que lui causait sa situation précaire. Ce voisin, homme d'affaires, lui conseilla de chercher, pour se faire libre, une bonne spéculation, et lui fournit les moyens de l'entreprendre.

Balzac, transformé en spéculateur, devait commencer par éditer des livres; ce fut effectivement ce qu'il tenta. Le premier, il eut l'idée des éditions compactes, qui enrichirent depuis la librairie, et publia *en un volume* les œuvres complètes de Molière et de

la Fontaine. Il mena de front ces deux publi-
cations, tant il craignait qu'on ne lui enlevât
l'une pendant qu'il ferait l'autre. Si ces éditions ne réussirent pas, c'est parce que l'éditeur, inconnu en librairie, ne fut pas soutenu
par ses confrères patentés, qui se refusèrent
à vendre et à recevoir ces livres ; la somme
prêtée ne put suffire pour les nombreuses
annonces qui auraient peut-être attiré les
acheteurs ; ces éditions restèrent donc parfai-
tement inconnues : à une année de leur publication, mon frère n'en avait pas vendu vingt
exemplaires, et pour ne plus payer le loyer
du magasin où elles étaient entassées et se
perdaient, il s'en défit au prix du poids brut de
ce beau papier qui avait coûté si cher à noircir.

Honoré, au lieu de gagner de l'argent dans
cette première affaire, n'en retira qu'une
dette ; ce fut le premier chevron de cette expérience qui devait un jour le rendre si savant sur les hommes et sur les choses ! Quelques années plus tard, il n'eût pas édité des
livres en de pareilles conditions, il eût com-

pris à l'avance l'insuccès d'une telle entreprise. Mais l'expérience ne se devine pas !

Le bailleur de fonds, qui avait ainsi perdu le gage de sa créance, intéressé à voir prendre à mon frère une profession qui lui donnât la chance de s'acquitter avec lui, le conduisit chez un de ses parents qui faisait une belle fortune dans l'imprimerie. Honoré questionne, s'informe, reçoit les meilleurs renseignements et s'enthousiasme tellement de cette industrie, qu'il veut devenir aussi imprimeur. Les livres l'attiraient toujours ! Ne renonçant pas à écrire, il songe à Richardson, devenu riche en imprimant et en écrivant tout à la fois, et voit déjà de nouvelles *Clarisses* sortant de ses presses !

Le créancier de mon frère, satisfait de cette résolution, l'encourage, se charge d'obtenir le consentement de nos parents et l'argent nécessaire à cette nouvelle entreprise ; il réussit, mon père accorde à Honoré, à titre de dot, le capital de la rente qu'il avait désirée pour ne s'occuper que de littérature.

Honoré s'associa alors avec un prote habile qu'il avait remarqué dans les imprimeries lors de la publication de ses premiers romans; ce jeune homme, marié et père de famille, lui inspirait de l'intérêt, mais il n'apportait malheureusement à l'association que ses connaissances en typographie; elles manquaient à mon frère; Honoré crut que l'activité et le zèle de son associé équivaudraient à une mise de fonds.

Les brevets d'imprimeur étaient chers sous Charles X; les quinze mille francs du brevet payés, le matériel acheté, il restait peu d'argent pour faire face aux frais d'exploitation. Mon frère ne s'effraya pas; la jeunesse espère toujours les chances heureuses !

Les jeunes imprimeurs, installés joyeusement rue des Marais Saint-Germain, acceptent tous les clients qui se présentent; les recettes rentrent difficilement et ne s'équilibrent pas avec les dépenses; la gêne se fait bientôt sentir !

Une magnifique occasion se présente de

réunir une fonderie à l'imprimerie, elle assure de tels bénéfices que, les autorités compétentes consultées, Honoré n'hésite pas à s'en rendre acquéreur. Il espère, en réunissant ces deux entreprises, trouver soit un prêt, soit un troisième associé. Il s'épuise en démarches à cet effet; toutes sont infructueuses, car les sûretés que son premier créancier a prises priment tout et font échouer les négociations entamées.

Mon frère, ayant la faillite en perspective, passa alors par des angoisses qu'il n'oublia jamais et qui le forcèrent à recourir de nouveau à sa famille.

Mon père et ma mère comprirent la gravité des circonstances et vinrent à son secours, mais après quelques mois de continuels sacrifices, craignant que leur ruine ne suivît celle de leur fils, ils se refusèrent à fournir de l'argent le jour où la prospérité arrivait peut-être !

Cette histoire est celle de presque tous les désastres commerciaux.

Honoré ne put convaincre ses parents de la terminaison heureuse qu'il entrevoyait. Il chercha alors à vendre ; mais sa mauvaise situation connue, il ne trouva que des offres si restreintes, qu'il fallait tout perdre en les acceptant, sauf l'honneur de son nom. Néanmoins, pour éviter une faillite imminente, qui eût fait mourir de chagrin son vieux père et qui eût flétri sa jeune existence, il donna *imprimerie* et *fonderie* à un de ses amis, pour le prix qui lui en avait été offert. Il assura ainsi l'avenir de cet ami, car ses prévisions étaient justes, il y eut une fortune dans la seule fonderie !

Le prix de cette vente étant insuffisant pour solder les dettes exigibles, notre mère fit le nécessaire. Honoré se retira de l'imprimerie chargé de nombreuses obligations, parmi lesquelles sa mère figurait comme principale créancière.

On était à la fin de 1827, nos parents avaient vendu leur campagne et vivaient près de nous à Versailles, où M. Surville était ingénieur du département de Seine-et-Oise.

Honoré, âgé alors de près de vingt-neuf ans, n'avait plus que des dettes et sa plume seule pour les payer, cette plume à laquelle personne ne reconnaissait encore de valeur ; chacun le tenait en outre pour *incapable*, titre funeste qui prive de tout appui et achève si souvent le naufrage des infortunés. C'était nier ce jugement si sûr et si rapide qu'il possédait sur les hommes et sur les choses. Cette négation l'exaspérait plus que celle qui portait sur son talent et qui résonnait autour de lui, même après les preuves brillantes qu'il avait faites. Quelques-uns de ses amis le tourmentèrent certainement plus que ses nombreux ennemis.

Les premiers lui demandaient, après la publication de *Louis Lambert*, du *Médecin de campagne*, etc. :

— Eh bien, Balzac, quand nous ferez-vous quelque œuvre capitale ?

Balzac n'était à leurs yeux qu'un esprit léger, un mince auteur de romans, et non un homme sérieux, titre qui impose tant à la foule! S'il eût écrit quelque gros livre, si savant que très-peu eussent pu le comprendre, tout le monde eût été plein de respect pour lui.

Ces gens, peu d'accord avec eux-mêmes, tout en déplorant la légèreté des œuvres de mon frère, le taxaient en même temps d'outrecuidance quand il se permettait de toucher à de graves sujets dans ses *petits livres*, et l'en avertissaient paternellement.

— Pourquoi aborder les hautes questions philosophiques ou gouvernementales? lui disaient-ils; laissez cela aux métaphysiciens et aux économistes; vous êtes un homme d'imagination, on vous l'accorde; ne sortez pas de votre spécialité. Un romancier n'est pas obligé d'être un savant ou un législateur.

Ces discours, répétés sous toutes les formes, lui causaient de grandes irritations; il s'indignait surtout de se sentir froissé par ceux qui ne comprenaient pas sa force, et sa colère en redoublait.

— Il faudra que je meure, disait-il amè-
rement, pour qu'ils sachent ce que je vaux!

Et pourtant de pareils aveuglements n'é-
tonneront personne ; ceux qui ont connu l'enfant le voient longtemps dans l'homme, et la
supériorité coûte tant à accorder à celui qu'on
a longtemps dominé et qui vous domine à son
tour, qu'à peine est-on forcé de lui reconnaître
une qualité, on s'empresse de nier toutes
les autres; une spécialité n'est-elle pas suf-
fisante, d'ailleurs, pour un homme? il y en a
tant qui n'en ont pas ! Balzac avait-il la pré-
tention d'être universel? Une telle audace
méritait répression, ses amis ne s'y épar-
gnaient pas. Et comme il leur était facile de
persuader à tous qu'avec son imagination,
mon frère ne pouvait avoir de jugement! La
réunion de ces deux qualités si contraires
n'est-elle pas une exception fort rare, et les
deux désastres commerciaux d'Honoré ne
semblaient-ils pas leur donner gain de cause?

Si je parais attacher de l'importance à des
opinions qui n'en ont aucune aujourd'hui,

c'est qu'elles composèrent les petites misères de celui dont je raconte la vie.

Mon frère, froissé sans cesse par ces injustices, ne s'abaissa plus à expliquer ni à défendre ses idées et ses actions, qu'on prit l'habitude de blâmer sans les comprendre; il marcha seul vers son but, sans encouragements ni appui, dans une voie que ses deux désastres avaient remplie de ronces et d'écueils! Quand il aura atteint ce but, c'est-à-dire conquis sa renommée, c'est à qui criera le plus haut :

— Quel talent! je l'avais deviné!...

Mais Balzac ne sera plus là pour rire de ces palinodies et pour jouir de ces réparations tardives!

Ces souvenirs m'ont entraînée; je reviens à l'année 1827, au moment où mon frère quittait l'imprimerie et louait une chambre rue de Tournon. M. de Latouche était son voisin; il s'éprit pour mon frère d'une amitié qui s'évanouit bientôt, il devint un de ses ennemis les plus acharnés.

Honoré composait alors *les Chouans*, premier ouvrage qu'il signa de son nom; accablé de travail, il ne paraissait plus à Versailles. Nos parents se plaignaient de son abandon; je l'avertis de ces plaintes. Ma lettre arriva sans doute dans un moment de grande fatigue, car lui, si patient et si doux, y répondit avec amertume :

« Ta lettre m'a donné deux détestables jours et deux détestables nuits. Je ruminais ma justification de point en point, comme le mémoire de Mirabeau à son père, et je m'enflammais déjà à ce travail; mais je renonce à l'écrire, je n'ai pas le temps, ma sœur, et je ne me sens d'ailleurs aucun tort!...

» On me reproche l'arrangement de ma chambre; mais les meubles qui y sont m'appartenaient avant ma catastrophe! Je n'en ai pas acheté un seul ! Cette tenture de percale bleue qui fait tant crier était dans ma chambre à l'imprimerie. C'est Latouche et moi qui l'avons clouée sur un affreux papier qu'il eût fallu changer! Mes livres sont mes outils, je ne puis les vendre; le goût, qui met tout chez moi en harmonie, ne s'achète pas (malheureusement pour les riches); je tiens, au surplus, si peu à toutes ces choses, que si l'un de mes créanciers veut me faire mettre secrètement à Sainte-Pélagie, j'y serai plus heureux, ma vie ne me coûtera rien, et je ne serai pas plus prisonnier que le travail ne me tient captif chez moi.

» Un port de lettre, un omnibus sont des dépenses que je ne puis me permettre, et je ne sors pas pour ne pas user d'habits! Ceci est-il clair?

» Ne me contraignez donc plus à des voyages, à des démarches, à des visites qui me sont impossibles, n'oubliez pas que je n'ai plus que le temps et le travail pour richesse, et que je n'ai pas de quoi faire face aux dépenses les plus minimes.

» Si vous songiez aussi que je tiens toujours forcément la plume, vous n'auriez pas le courage d'exiger des correspondances! Écrire quand on a le cerveau fatigué et l'âme remplie de tourments! Je ne pourrais que vous affliger; à quoi bon?... Vous ne comprenez donc pas qu'avant de me mettre au travail, j'ai quelquefois à répondre à sept ou huit lettres d'affaires?

» J'ai encore une quinzaine de jours à passer sur *les Chouans*; jusque-là, pas d'Honoré; autant vaudrait déranger le fondeur pendant la coulée.

» Ne me crois aucun tort, chère sœur; si tu me donnais cette idée, j'en perdrais la cervelle. Si mon père était malade, tu m'avertirais, n'est-ce pas?

Tu sais bien qu'alors aucune considération humaine ne m'empêcherait de me rendre près de lui.

» Il faut que je vive, ma sœur, sans jamais rien
demander à personne; il faut que je vive pour travailler afin de m'acquitter envers tous! Mes *Chouans*
terminés, je vous les porterai; mais je ne veux
en entendre parler ni en bien ni en mal; une
famille, des amis sont incapables de juger l'auteur.

» Merci, cher champion dont la voix généreuse
défend mes intentions. Vivrai-je assez pour payer
aussi mes dettes de cœur?... »

A quelques jours de cette lettre, j'en rece-
vais une seconde, que je transcris, parce
qu'elle peint son caractère. Deux écrans
manquaient à l'arrangement de cette chambre qui lui avait valu des reproches! Il les
désire comme il désirait jadis dans sa mansarde le *Tacite* de son père.

« Ah! Laure! si tu savais comme je raffole
(mais motus) de deux écrans bleus brodés de noir
(toujours motus)!

» C'est au milieu de mes tourments un point
sur lequel revient toujours ma pensée! Alors j'ai
dit: Je vais confier ce désir à sœur Laure. Quand

j'aurai ces écrans, je ne pourrai rien faire de
mauvais! N'aurais-je pas toujours sous les yeux
le souvenir de cette sœur si indulgente... pour ses
pensées, si sévère pour les miennes?

» Les dessins, comme tu voudras, ce serait *je
ne sais quoi*, que je les trouverai toujours jolis,
puisqu'ils me viendront de mon *alma soror!...* »

Il est interrompu par l'annonce de mauvaises nouvelles ; il me raconte ses nouveaux
chagrins avec la plus chaleureuse éloquence
et termine par ces deux lignes :

« Toujours mes écrans ; j'ai plus besoin encore
d'une petite joie au milieu de tels tourments!... »

Les Chouans parurent. Cet ouvrage, impar-
fait alors, et auquel il remit depuis ses
touches magistrales, révélait néanmoins déjà
tant de talent, qu'il attira l'attention du public et celle de la presse, qui fut d'abord
bienveillante pour lui.

Encouragé par ce premier succès, il se remit avec ardeur au travail et écrivit *Catherine
de Médicis*. Même retraite, mêmes plaintes
de mes parents, même avertissement de ma

part. Content peut-être de son travail quand
ma lettre arrive, il me répond cette fois sur
un ton enjoué :

« J'ai sous les yeux vos gronderies, madame ;
il vous faut encore, je le vois, quelques renseignements sur le pauvre délinquant.

» Honoré, chère sœur, est un étourdi criblé de
dettes sans avoir fait une seule *bamboche*, prêt
quelquefois à se frapper la tête contre le mur,
quoiqu'on ne lui accorde pas de tête !...

» Il est en ce moment prisonnier dans sa
chambre avec un duel sur le corps ; il faut qu'il
tue une demi-rame de papier et la transperce
d'une encre assez passable pour mettre sa bourse
en joie et liesse.

» Cet étourdi a du bon ; on le dit insouciant et
froid, ne le croyez pas, sœur chérie, il a un cœur
excellent et il est prêt encore à rendre service à chacun, si ce n'est que n'ayant pas crédit chez *messer*
Chaussepied, il ne peut plus courir comme jadis
pour les uns et pour les autres ; on le lui impute
à mal, comme on criait après Yorick pour avoir
acheté le brevet de la sage-femme !...

» En fait de tendresses, il est en fonds et sûr de
rendre au double tout ce qu'il recevra ; mais il est

ainsi fait, qu'un mot sévère ou blessant efface tout
ce qu'il a de joie en l'âme, tant il est suceptible
pour tout ce qui est délicatesse de sentiment. Il lui
faut des cœurs qui sachent vivre à la grande, qui
comprennent l'affection et ne la fassent pas consis-
ter en visites, cérémonies, souhaits et autres fariboles de ce genre ; il pousse la bizarrerie jusqu'à
recevoir un ami qu'il n'a pas vu depuis longtemps,
comme s'il était venu la veille.

» Cet étourdi peut oublier le mal qu'on lui a
fait, jamais le bien ! Il le graverait sur l'airain si
son cœur en contenait !

» Quant à ce que les indifférents peuvent penser et dire de lui, il s'en soucie comme du sable
qui s'attache à ses pieds ! il tâche d'être quelque
chose, et quand on bâtit un monument, on s'inquiète peu de ce que les effrontés écrivent sur les
barrières.

» Ce jeune homme, tel que je vous le dépeins,
vous aime, chère sœur, et ces mots seront compris
de celle à qui je les adresse. »

Mon frère passa les premières années de
sa vie littéraire, au milieu d'angoisses plus
grandes encore que celles qu'il avait éprou-
vées dans cette rue des Marais Saint-Ger-

main, devant laquelle il ne passait jamais
sans soupirer, en songeant que là avaient
commencé ses malheurs ! Sans sa foi en lui
et l'honneur qui lui commandait de vivre
pour s'acquitter, il n'eût certainement pas
écrit LA COMÉDIE HUMAINE !

Il m'avoua que, dans ce temps, il avait été
saisi plusieurs fois de vertiges et de tenta-
tions semblables à celle qu'il a données au
héros de cette œuvre si remplie de jeunesse
et de talent qu'il appela *la Peau de chagrin*.

Quelles amertumes et quelles déceptions
en tout genre ne dut pas connaître celui
qui formulait les pensées suivantes dans ses
dernières années :

« On passe la seconde moitié de la vie à fau-
cher ce que l'on a laissé pousser en son cœur dans
la première ; c'est ce qu'on appelle acquérir l'expérience !... »

Et celle-ci plus amère encore :

« Les belles âmes arrivent difficilement à croire
aux mauvais sentiments, à la trahison, à l'ingrati-

tude, quand leur éducation est faite en ce genre;
elles s'élèvent alors à une indulgence qui est
peut-être le dernier degré de mépris pour l'humanité!...

S'il n'était pas retourné, après son désastre, dans quelque retraite semblable à celle
de la rue Lesdiguières, c'est qu'il savait
qu'à Paris on spécule sur tout, même sur
la misère !

— Dans un grenier, me disait-il, on ne me
donnera rien de mes œuvres.

Ce luxe qu'il affecta, qu'on a tant blâmé et
si fort exagéré surtout, fut donc un moyen
d'obtenir un meilleur prix de ses livres.

Mon frère, enthousiasmé de Walter Scott,
qu'il admirait autant pour son talent que
pour l'habileté avec laquelle il sut obtenir et
conserver le succès, voulut d'abord faire
comme lui l'histoire des mœurs de sa nation
en la prenant à ses phases principales; *les
Chouans, Catherine de Médicis* qui suivit ce
premier ouvrage, témoignent de ce dessein,
qu'il explique d'ailleurs dans le préambule

de *Catherine* (un de ses plus beaux livres, que peu de personnes connaissent et qui prouve à quelle hauteur Balzac se fût placé comme historien).

Il abandonna ensuite ce premier projet et se borna à peindre les mœurs de son époque dont il voulait plus tard écrire l'histoire. Il intitula ses œuvres : ÉTUDES DE MOEURS, et les divisa en séries : *Scènes de la vie privée — de la vie de campagne — de la vie de province — de la vie parisienne*, etc., etc. Ce ne fut que vers 1833, lors de la publication de son *Médecin de campagne*, qu'il pensa à relier tous ses personnages pour en former une société complète. Le jour où il fut illuminé de cette idée fut un beau jour pour lui !

Il part de la rue Cassini, où il alla demeurer en quittant la rue de Tournon, et accourt au faubourg Poissonnière que j'habitais alors.

— Saluez-moi, nous dit-il joyeusement, car je suis tout bonnement en train de devenir un génie !

Il nous déroule alors son plan qui l'effrayait bien un peu ; quelque vaste que fût son cerveau, il fallait du temps pour y emménager ce plan-là !

— Que ce sera beau si je réussis ! disait-il en se promenant par le salon ; il ne pouvait tenir en place, la joie resplendissait sur tous ses traits. — Comme je me laisserai tranquillement traiter de *faiseur de nouvelles* à présent, tout en taillant mes pierres ! Je me réjouis d'avance de l'étonnement des myopes quand ils verront le grand édifice qu'elles formeront !

Ce tailleur de pierres s'assit alors pour parler de son œuvre tout à son aise ; il jugeait avec impartialité les êtres imaginaires qui la composent, malgré la tendresse qu'il portait à tous.

— *Un tel* est un drôle et ne fera jamais rien de bon, disait-il. *Tel autre*, grand travailleur et brave garçon, deviendra riche et son caractère le rendra heureux. *Ceux-ci* ont fait bien des peccadilles, mais ils ont une telle intelligence, une telle connaissance des hommes, qu'ils arriveront forcément aux régions élevées de la société.

— Peccadilles ! tu es bien indulgent.

— On ne les changera pas, ma chère ; ce sont des sondeurs d'abîmes, mais ils sauront conduire les autres. Les gens si sages ne sont pas toujours les meilleurs pilotes : ce n'est pas ma faute, à moi ; je n'invente pas la nature humaine, je l'observe dans le passé et le présent, et je tâche de la peindre telle qu'elle est. Les impostures en ce genre ne persuadent personne.

Il nous contait les nouvelles du monde de LA COMÉDIE HUMAINE comme on raconte celles du monde véritable.

— Savez-vous qui Félix de Vandenesse épouse ? Une demoiselle de Grandville. C'est un excellent mariage qu'il fait là, les Grandville sont riches, malgré ce que Mlle de Belle-feuille a coûté à cette famille.

Si quelquefois nous lui demandions grâce pour un jeune homme en train de se perdre

6

ou pour une pauvre femme bien malheureuse
dont le triste sort nous intéressait :

— Ne m'étourdissez pas avec vos sensi-
bleries, la vérité avant tout ; ces gens-là sont
faibles, inhabiles, il arrive ce qui doit arriver, tant pis pour eux. — Malgré sa jactance,
leur désastre lui faisait bien aussi un peu de
chagrin ! Un des amis du docteur Minoret
(le capitaine de Jordy), excitait notre curiosité. Mon frère n'a rien dit de sa vie, mais
tout porte à croire qu'il a éprouvé de grandes
infortunes; nous lui demandâmes des renseignements. — Je n'ai pas connu M. de
Jordy avant son arrivée à Nemours, nous ré-
pondit-il.

Je brodai un jour un roman sur son passé,
et le contai à Honoré. (De telles préoccupa-
tions ne lui déplaisaient pas.) — Ce que tu dis
est possible, et puisque M. de Jordy vous intéresse, je tirerai quelque jour cette histoire
a clair.

Il chercha longtemps un parti pour Mlle Ca-

mille de Grandlieu, et rejetait tous ceux
que nous lui proposions :

« Ces gens ne sont pas de la même société,
le hasard seul pourrait faire ce mariage et
nous ne devons user que fort sobrement du
hasard dans nos livres : la réalité seule justi-
fie l'invraisemblance ; on ne nous permet que
le possible, à nous autres ! » Il choisit enfin le
jeune comte de Restaud pour Mlle de Grandlieu, et recomposa à ce sujet la très-admi-
rable histoire de Gobseck, où la plus haute
moralité se trouve dans les faits et non dans
les paroles.

Comme les mères s'attachent aux enfants
malheureux, mon frère avait un faible pour
ceux de ses ouvrages qui avaient eu le moins
de succès. Il était jaloux pour eux de l'éclat
des autres. Ainsi les louanges universelles
données à *Eugénie Grandet* avaient fini par
le refroidir pour cette œuvre.

Quand nous le grondions de cette injustice :

— Laissez-moi donc ! Ceux qui m'appellent
le père d'Eugénie Grandet veulent m'amoin-

drir ; c'est certainement un chef-d'œuvre,
mais un petit chef-d'œuvre ; ils se gardent
bien de citer les grands !...

Arrivé à l'impression de son édition compacte, il l'intitula LA COMÉDIE HUMAINE, grande
décision qui lui coûta bien des hésitations.
Lui, toujours si résolu, tremblait qu'on ne le
traitât d'audacieux ; cette crainte paraît, du
reste, dans la belle préface dont il l'accompagna et dont je ne peux lire la fin sans attendrissement ; il y fut malheureusement prophète, il ne devait pas achever cette œuvre
tant aimée. C'est alors qu'il y associa tous
ses amis en dédiant à chacun, un des livres
qui la composent. La liste de ces dédicaces
prouve qu'il fut aimé d'un grand nombre de
nos illustrations contemporaines.

De 1827 à 1848, mon frère publia quatre-vingt-dix-sept ouvrages formant dix mille
huit cent seize pages de cette édition compacte, qui triplent au moins celles des in-octavo ordinaires de la librairie. J'ajouterai
qu'il écrivit cette énorme quantité de volu-

mes sans secrétaire ni correcteur d'épreuves.

La liste de ces ouvrages, avec la date qu'il leur assigna après les avoir remaniés, peut seule faire comprendre la valeur de ses travaux, car peu de lecteurs ignorent l'importance de ces livres.

1827 (Fin de.) *Les Chouans.*

1828. *Catherine de Médicis.*

1829. *La Physiologie du mariage, Gloire et malheur, le Bal de Sceaux, il Vertugo, la Paix du ménage.*

1830. *La Vendetta, une Double Famille, Étude de femme, Gobseck, autre Étude de femme, la Grande Bretèche, Adieu, l'Élixir de longue-vie, Sarrazine, la Peau de chagrin.*

1831. *Madame Firmiani, le Réquisitionnaire, l'Auberge rouge, Maître Cornélius, les Proscrits, un Épisode sous la Terreur, Jésus-Christ en Flandre.*

1832. *La Bourse, la Femme abandonnée, la Grenadière, le Message, les Marana, Louis Lambert, l'Illustre Gaudissart, le colonel Chabert, une Passion dans le désert, le Chef-d'œuvre inconnu, le Curé de Tours.*

1833. *Séraphita, Eugénie Grandet, Ferragus, le Médecin de campagne.*

1834. *Un Drame au bord de la mer, la Duchesse de Langeais, la Fille aux yeux d'or, le Père Goriot, la Recherche de l'absolu.*

1835. *Le Contrat de mariage, la Femme de trente ans, le Lys dans la vallée, Melmoth réconcilié.*

1836. *La Vieille Fille, l'Enfant maudit, Facino Cane, la Messe de l'Athée, l'Interdiction.*

1837. *Le Cabinet des antiques, la maison Nucingen, Gambara, César Birotteau.*

1838. *Une Fille d'Ève, les Employés, ou la Femme supérieure.*

1839. *Pierre Grassou, les Secrets de la princesse de Cadignan, Massimila Doni, Pierrette.*

1840. *Z. Marcas, la Revue parisienne.*

1841. *Mémoires de deux jeunes mariées, Ursule Mirouët, une Ténébreuse Affaire.*

1842. *La Fausse Maîtresse, Albert Savarus, un Début dans la vie, un Ménage de garçon, ou les Deux Frères.*

1843. *Honorine, Splendeurs et Misères des courtisanes, Illusions perdues.*

1844. *Béatrix, Modeste Mignon, Gaudissart II.*

1845. *Un Prince de la bohème, Esquisse d'homme d'affaires, Envers de l'histoire contemporaine, le Curé de village.*

1846. *Les Comédiens sans le savoir, les Parents pauvres.*

1847. *Les Paysans.*

Ses douze premiers romans, ses *Contes drôlatiques,* ses travaux dans la *Chronique de Paris,* dans la *Presse parisienne,* son *Théâtre,* la *Monographie de la presse,* les *Petites Misères de la vie conjugale,* la *Théorie de la démarche,* les articles publiés dans le *Musée des Familles,* dans les *Français peints par eux-mêmes,* tels que *le Petit Rentier, l'Épicier,* ceux publiés dans *les Animaux,* édités par Hetzel, ne sont pas compris dans cette nomenclature, et j'en oublie sans doute encore. Quelques détails sur l'origine de quelques mots de ses œuvres offriront peut-être de l'intérêt.

Le sujet de *l'Auberge rouge,* histoire véritable, quoi qu'on en ait dit, lui fut donné par un ancien chirurgien des armées, ami de l'homme qui fut condamné injustement. Mon frère n'ajouta que le dénoûment.

Le roman de *Quentin Durward,* qu'on ad-

mire surtout dans ce qui est historique, causa
une grosse colère à Honoré ; contrairement
à la foule, il trouvait que Walter Scott avait
étrangement défiguré Louis XI, roi encore
mal compris, selon lui. Cette colère lui fit
composer *Maître Cornélius*, ouvrage où il
met Louis XI en scène.

Les Deux Proscrits, qu'il écrivit après l'é-
tude approfondie des œuvres de Dante, comme
un hommage rendu à ce puissant génie, sor-
tent également du plan qu'il avait adopté.

Un Épisode sous la Terreur (article qui
parut d'abord dans un keepsake) lui fut raconté par le sombre héros de cette histoire.

Mon frère désirait voir Samson, l'exécu-
teur des hautes œuvres. Savoir ce que pensait cet homme dont l'âme était si remplie
de sanglants souvenirs, apprendre comment
il envisageait son terrible état et sa vie misérable, c'était une étude qui devait le tenter.

M. A..., directeur des prisons, avec qui
mon frère était lié, lui ménage une entrevue. Honoré trouve un jour chez M. A... un

homme pâle, à figure noble et triste ; sa mise,
ses manières, son langage, son instruction
le lui font prendre pour quelque savant attiré
par la même curiosité que lui. Ce savant était
Samson !... Mon frère, averti par M. A...,
réprime tout étonnement toute répulsion, et
a mène l'entretien sur les sujets qui l'intéres-
sent. Il attire si bien la confiance de Samson, que celui-ci, entraîné, arrive à peindre
les souffrances de sa vie. La mort de
Louis XVI lui avait laissé des terreurs et des
remords de criminel (Samson était royaliste).
Il fit dire pour le roi, le lendemain de l'exécution, la seule messe expiatoire qui fut peut-
être célébrée à Paris ce jour-là!...

Ce fut aussi la conversation que mon frère
eut avec *Martin*, le célèbre dompteur d'animaux, à l'issue d'une de ses représentations,
qui lui fit composer l'article intitulé : *une
Passion dans le désert.*

Séraphita, cette œuvre étrange qui semble
la traduction d'un livre allemand, lui fut
inspirée par une amie. Notre mère lui vint

en aide pour les moyens d'exécution. Ma
mère, fort occupée d'idées religieuses, lisait
alors les mystiques et les avait collectionnés.
Honoré s'empare des œuvres de Saint-Mar-
tin, de Swedenborg, de Mlle Bourignon, de
Mme Guyon, de Jacob Boehme qui formaient
plus de cent volumes, et les dévore. Il lisait
comme d'autres feuillettent, et cependant
s'assimilait tout ce qu'il y avait d'idées dans
un livre !... Il se plonge dans l'étude du som-
nambulisme et du magnétisme, qui se relient
au mysticisme ; et ma mère, ardente au merveilleux, lui fournit encore les occasions de
ces études : elle connaissait tous les magné-
tiseurs et les somnambules célèbres de cette
époque.

Honoré assiste à quelques séances, s'enthousiasme pour ces facultés inexplicables et
les phénomènes qu'elles produisent, trouve à
ces facultés plus d'extension qu'elles n'en
ont, peut-être, et compose *Séraphita* sous
l'impression de ces idées.

Mais emporté par les nécessités de sa vie,

qui ne lui permettaient d'écrire d'autres livres
que ceux qui plaisaient au public et qui se ven-
daient, il revint heureusement au réel et fut
arraché de ces méditations métaphysiques
qui eussent peut-être égaré cette grande intelligence, car elles en ont perdu plus d'une.

Il faut abréger des détails qui paraîtront
trop longs peut-être et qui me conduiraient
à apprécier des œuvres que je ne puis juger.

Je me sens effrayée au seul souvenir des
travaux et des événements entassés dans les
vingt dernières années de l'existence de mon
frère.

Indépendamment de ses ouvrages, il avait
à faire face à de nombreuses correspondances
d'affaires, et à d'autres qui lui prenaient encore plus de temps. Je trouve pendant ce laps
de temps des voyages en Savoie, en Sardaigne, en Corse, en Allemagne, en Italie, à
Saint-Pétersbourg, dans la Russie méridio-
nale, où il séjourna deux fois, sans compter ceux qu'il faisait dans l'intérieur de la
France, partout où il plaçait ses person-

nages, pour décrire fidèlement les villes ou les campagnes où il les faisait vivre.

En venant prendre congé de nous, il nous disait : — Je pars pour Alençon, pour Grenoble, où demeurent *M*ᴵˡᵉ *Cormont*..., *M. Benassis*...

L'impossible n'existait pas pour lui ; il le prouva d'abord en trouvant le courage de vivre dans les premières années de sa vie littéraire, où il se priva plus d'une fois du nécessaire afin de se procurer le superflu, si utile, pour occuper une place dans cette société qu'il voulait peindre ! Ces temps me rappellent de si grandes angoisses, que je ne puis y revenir sans tristesse.

De 1827 à 1836, mon frère ne put se soutenir qu'en faisant des billets dont les échéances l'inquiétaient perpétuellement, car il n'y pouvait faire honneur qu'avec le produit de ses œuvres, et l'époque où il les achevait était toujours incertaine.

Après avoir fait accepter et escompter ces billets aux usuriers, première affaire diffi-

cile, il fallait souvent les leur faire renou-
veler, seconde affaire plus difficile encore, et
dont lui seul pouvait se charger, car d'autres
eussent échoué en de telles négociations, mais
il fascinait tout le monde, même les usuriers.

— Quelle dépense d'intelligence perdue !
nous disait-il tristement en revenant accablé
de fatigue de toutes ces démarches qui in-
terrompaient son travail.

Il ne pouvait empêcher toutefois que les
escomptes des usuriers et les intérêts cumulés
de ses obligations principales, ne fissent ressembler *sa dette flottante* (comme il l'appelait
dans ses jours de gaieté) à la boule de neige
qui va toujours grossissant en roulant ; cette
dette augmentait tellement en passant sur les
mois et les années, que mon frère désespé-
rait par moments de s'acquitter jamais.

De temps à autre, pour apaiser les plus
menaçants de ses créanciers, il faisait des
prodiges de travail qui effrayaient les libraires et les imprimeurs ; les dates les
plus chargées de la liste que j'ai donnée,

nous disent les années où il souffrit le plus.

Ces travaux surhumains furent certainement une des causes qui abrégèrent sa vie. Une grande commotion morale détermina la maladie de cœur dont il mourut, mais elle n'eût pas marché si vite si elle ne se fût pas développée dans un sang enflammé.

Cet état d'anxiété dura jusqu'à l'heure des réimpressions, qui commencèrent à lui permettre de s'acquitter partiellement.

Avec quelle joie il supprimait quelques chiffres de ce terrible état de situation qu'il avait toujours sous les yeux afin de stimuler sans cesse son courage.

— Après tant de travaux, quand donc aurai-je un sou à moi ? me disait-il souvent ; je le ferai certainement encadrer, car il fera à lui seul l'histoire de ma vie.

Quelques lettres des années 1832, 1833, 1834 et 1835, pendant lesquelles il voyagea, feront mieux connaître la situation de son âme que tout ce que je pourrais dire. Elles sont écrites d'Angoulême, d'Aix, de Saché,

de Marseille, de Milan. Les ouvrages dont il
y parle me guident pour en assigner la date,
qui manque presque toujours à ses lettres.

Angoulême était la ville où vivait momentanément la famille C..., chez laquelle mon
frère allait souvent (le commandant C... y
dirigeait la poudrerie). Une vive amitié s'é-
tait établie entre mon frère et cette honorable
famille en 1826, époque où j'habitais Versailles. M. C... était alors directeur des études
à l'École militaire de Saint-Cyr... Je retrou-
vai avec joie sa femme, avec laquelle j'avais
été élevée. Cette amitié fidèle et intelligente
fut un des bonheurs de la vie de mon frère.
Ses ouvrages signés d'Angoulême et de Fra-
pesles (terre que Mme C... possédait en Berri),
témoignent de cette profonde sympathie.

Saché est une belle propriété située à sept
lieues de Tours; elle appartient à M. de M...,
ami de notre famille. Honoré trouva aussi
chez lui en tout temps la plus noble hospita-
lité unie à la plus constante affection. Il avait
chez ces amis la tranquillité qui lui manquait

à Paris. Il écrivit là plusieurs ouvrages, notamment *Louis Lambert*, *le Lys dans la vallée*,
la *Recherche de l'absolu*, et plusieurs autres
qui ne me reviennent pas à la mémoire.

« Angoulème. . (Je crois que c'était en 1832.)

» Merci, ma sœur ;. le dévouement des cœurs
aimés nous fait tant de bien ! Tu m'as rendu cette
énergie qui m'a fait surmonter jusqu'ici les difficultés de ma vie ! Oui, tu as raison, je ne m'arrê-
terai pas, j'avancerai, j'atteindrai le but, et tu me
verras un jour compté parmi les grandes intelligences de mon pays !

» Mais quels efforts pour arriver là ! ils brisent le
corps, et la fatigue venue, le découragement suit !

» *Louis Lambert* m'a coûté tant de travaux ! que
d'ouvrages il m'a fallu relire pour écrire ce livre.
Il jettera peut-être un jour ou l'autre la science
dans des voies nouvelles. Si j'en avais fait une
œuvre purement savante, il eût attiré l'attention
des penseurs qui n'y jetteront pas les yeux. Mais
si le hasard met, un jour ou l'autre, *Louis Lambert* entre leurs mains, ils en parleront peut-être !...

Je crois *Louis Lambert* un beau livre ! Nos amis
l'ont admiré ici, et tu sais qu'ils ne me trompent
pas !

» Pourquoi revenir sur sa terminaison? tu connais la raison qui me l'a fait choisir! Tu as toujours peur. Cette fin est probable, et de tristes exemples ne la justifient que trop : le docteur n'a-t-il pas dit que la folie est toujours à la porte des grandes intelligences qui fonctionnent trop?...

» Encore merci de ta lettre, et pardonne au pauvre artiste le découragement qui l'a rendue nécessaire. La partie engagée, je joue si gros jeu! Il faut toujours progresser. Mes livres sont les seules réponses que je veuille jamais faire à ceux qui commencent à m'attaquer.

» Que leurs critiques ne te préoccupent pas trop; elles sont de bons pronostics : on ne discute pas la médiocrité!...

» Oui, tu as raison, mes progrès sont réels, et mon courage infernal sera récompensé. Persuade-le aussi à ma mère, chère sœur, dis-lui de me faire l'aumône de sa patience ; ses dévouements lui seront comptés! Un jour, je l'espère, — un peu de gloire lui payera tout! Pauvre mère! cette imagination qu'elle m'a donnée la jette perpétuellement du nord au midi et du midi au nord : de tels voyages fatiguent; je le sais aussi, moi!

» Dis à ma mère que je l'aime comme lorsque j'étais enfant. Des larmes me gagnent en t'écrivant ces lignes, larmes de tendresse et de désespoir,

car je sens l'avenir, et il me faut cette mère dé-
vouée au jour du triomphe ! Quand l'atteindrai-je ?

» Soigne bien notre mère, Laure, pour le présent et pour l'avenir.

» Quant à toi et à ton mari, ne doutez jamais de
mon cœur ; si je ne puis vous écrire, que votre
tendresse soit indulgente, n'incriminez jamais
mon silence ; dites-vous : Il pense à nous, il nous
parle ; entendez-moi, mes bons amis, vous, mes
plus vieilles et mes plus sûres affections !

» En sortant de mes longues méditations, de
mes travaux accablants, je me repose dans vos
cœurs comme dans un lieu délicieux où rien ne
me blesse !

» Quelque jour, quand mes œuvres seront
développées, vous verrez qu'il a fallu bien des
heures pour avoir pensé et écrit tant de choses ;
vous m'absoudrez alors de tout ce qui vous aura
déplu, et vous pardonnerez, non l'égoïsme de
l'homme (l'homme n'en a pas), mais l'égoïsme du
penseur et du travailleur.

» Je t'embrasse, chère consolatrice qui m'ap-
portes l'espérance, baiser de tendre reconnaissance ; ta lettre m'a ranimé ; après sa lecture, j'ai
poussé un hourra joyeux et crié :

» En avant, troupier ! jette-toi en travers dans
la bataille ! »

On comprendra les émotions que me causaient de pareilles lettres !

Dans *Louis Lambert*, mon frère, pour faire
passer quelques idées qui n'étaient pas encore
acceptées, se crut obligé de les mettre sous
la sauvegarde de la folie.

« Encore, me disait-il, n'ai-je pas osé leur
donner toute l'extension que je leur vois!... »

Louis Lambert se demande si l'électricité
n'entre pas comme base dans le fluide par-
ticulier où s'élaborent et d'où jaillissent nos
pensées? Il voit dans les pensées un système
complet, semblable à l'un des règnes de la
nature, une sorte de floraison, une botanique
céleste dont le développement passera peut-
être pour l'ouvrage d'un fou!...

« Oui, tout en nous et hors de nous, dit Louis
Lambert, atteste la vie de ces créations ravissantes
que je compare à des fleurs, pour obéir à je ne
sais quelle révélation de leur nature. »

Mon frère revient, dans plusieurs de ses
ouvrages, sur ce sujet de méditations ; dans

la Peau de chagrin, entre autres, il analyse la naissance, la vie ou la mort de certaines pensées, une des plus ravissantes pages de cette œuvre.

Louis Lambert trouvait les idées et les sentiments doués de certaines propriétés de la nature physique, de mouvement, de pesanteur, etc., et le démontrait par quelques exemples.

» L'*attente*, dit-il, n'est si douloureuse que parce que la souffrance passée s'additionne sans cesse à la souffrance présente et produit une pesanteur qui oppresse l'âme.

» La *peur*, ce foudroiement intérieur semblable aux accidents électriques (si bizarres et si capricieux dans leurs modes), la *peur*, qui presse si violemment la machine humaine, que les facultés y sont soudainement portées soit au plus haut point de la puissance, soit au dernier degré de la désorganisation, ne trouvera-t-elle pas l'application de ses effets quand les savants auront reconnu le rôle immense que joue l'électricité dans nos pensées?...

» La *colère* n'est-elle pas aussi un courant de la force humaine qui agit électriquement?

» Sa commotion, quand elle se dégage, n'agit-elle pas sur les personnes présentes, même sans qu'elles en soient le but ou la cause?

» A quoi, si ce n'est à une puissance électrique, attribuer la magie avec laquelle la *volonté* s'introinise si majestueusement dans les regards, éclate dans la voix (courant de ce roi des fluides) pour foudroyer tous les obstacles au commandement du génie ?...

» Les idées, les sentiments sont des forces vives, et ces forces chez certains êtres deviennent des fleuves de volonté qui entraînent tout! »

D'autres exemples viennent encore à l'appui : il parle du fanatisme de la foi qui enfante les miracles.

Louis Lambert dit encore :

« Les événements qui attestent l'action de l'humanité ont des causes dans lesquelles ils sont préconçus, comme nos actions sont accomplies dans notre pensée avant de se produire au dehors!

» Les faits n'existent pas, il ne reste de nous que des idées. »

Je borne là mes citations; je n'ai voulu que prouver ce que j'ai avancé : le livre seul peut faire apprécier la hauteur de cet esprit

7.

si ardent à chercher la solution des questions
qui occupent le plus les penseurs !...

Mais revenons aux réalités de la vie, et
voyons si celui-là savait juger les choses
humaines qui, en 1840, faisait ainsi parler
Z. Marcas, dans un numéro de la *Revue parisienne* :

« Je ne crois pas que la forme actuelle du gouvernement subsiste dans dix ans, dit Z. Marcas; la
jeunesse qui a fait *août* 1830, et qu'on a oubliée,
éclatera comme la chaudière d'une machine à va-
peur. La jeunesse n'a pas aujourd'hui d'issue en
France, elle y amasse une avalanche de capacités
méconnues, d'ambitions légitimes et inquiètes.

» Quel sera le bruit qui ébranlera ces masses?
Je ne sais; mais elles se précipiteront sur l'état
de choses actuel et le bouleverseront.

».Il est des lois de fluctuation qui régissent les
populations. L'empire romain les avait méconnues
quand les barbares arrivèrent.

» Aujourd'hui les barbares sont les intelligences.
Les lois de trop-plein agissent en ce moment len-
tement, sourdement autour de nous. Le gouvernement...méconnaît la puissance à qui il doit tout.
Il s'est laissé lier les mains par les absurdités du

contrat ; il est tout préparé comme une victime.

» Louis XIV, Napoléon, l'Angleterre, étaient et sont avides de jeunesse intelligente. En France, la jeunesse est condamnée à l'inaction par la légalité nouvelle, par les conditions mauvaises du principe électif, par les vices de la constitution ministérielle.

» En examinant la composition de la Chambre élective, vous n'y trouvez pas de députés de trente ans. La jeunesse de Richelieu, celle de Mazarin, celle de Colbert, de Pitt, du prince de Metternich, de Napoléon, n'y trouveraient pas de place!... Burke, Sheridan et Fox ne pourraient s'y asseoir!... On devine les motifs d'une circonstance à venir, mais on ne peut prévoir la circonstance elle-même. En ce moment on pousse la jeunesse entière à se faire républicaine, parce qu'elle voudra voir dans la république son émancipation. Elle se souviendra des jeunes représentants du peuple et des jeunes généraux!... La France en état d'infériorité vis-à-vis de la Russie et de l'Angleterre!... la France au troisième rang!... On nous donne la paix en escomptant l'avenir!... Les reculades de la peur passent pour manœuvres d'habileté! Mais les dangers viendront, la jeunesse surgira comme en 1790!... Et vous périrez pour n'avoir pas demandé à la jeunesse de la France ses forces et son énergie, son dévouement et son

ardeur; pour avoir pris en haine les gens capables,
pour ne les avoir pas triés avec amour dans cette
belle génération! »

Ces lignes, écrites au moment de la plus
grande prospérité du règne de Louis-Phi-
lippe, prouvent combien Balzac voyait loin
et jugeait de haut.

Mon frère, après *Louis Lambert* terminé,
partit d'Angoulême pour la Savoie. Je trouve
d'Aix deux lettres que je puis donner, une
écrite à ma mère, une autre à moi.

« Aix, 1ᵉʳ septembre 1832.

» Je suis tombé dans l'attendrissement le plus
profond à la lecture de ta lettre, ma mère, et je
t'ai adorée! Comment et quand te rendrai-je, et
pourrai-je jamais te rendre en tendresse et en bonheur tout ce que tu fais pour moi? Je ne puis
aujourd'hui que t'exprimer ma profonde reconnaissance. Ce voyage que tu m'as mis à même de
faire m'était bien nécessaire, j'avais un besoin
absolu de distraction ; j'étais accablé de la fatigue
que m'a causée *Louis Lambert* ; j'avais passé beaucoup de nuits et fait un tel abus de café que j'é-
prouvais des douleurs d'estomac qui allaient jus-

qu'aux crampes. *Louis Lambert* est peut-être un chef-d'œuvre, mais il m'a coûté cher ; six semaines d'un travail obstiné à Saché et dix jours à Angoulême. Pour le coup, *certains amis* me prendront peut-être pour un homme de quelque valeur. Je te remercie du fond du cœur de toutes les peines que tu prends pour me sauver les ennuis de la vie matérielle ; ma tendresse toujours plus vive n'est pas de celles que les mots expriment. Des travaux si opiniâtres seront peut-être couronnés par la fortune ; je l'espère d'autant plus que je vois aujourd'hui peu de talents sans récompense. Quant à la gloire, je commence à n'en plus trop désespérer non plus.

» Soigne ta santé, ma mère, il faut que tu vives pour que je puisse m'acquitter envers toi. Oh ! comme je t'embrasserais si tu étais là ! Quelle gratitude n'ai-je pas pour les bons cœurs qui arrachent quelques épines de ma vie et adoucissent le chemin par leur affection ! Mais forcé de lutter sans cesse contre le sort, je n'ai pas toujours le temps pour exprimer mes sentiments. Je n'ai pas voulu toutefois qu'un jour se passât sans que tu saches quelle tendresse tes derniers dévouements excitent en moi ; on met plusieurs fois ses enfants au monde, n'est-ce pas ma mère ? Pauvres chéries ! vous aime-t-on assez ? Ah ! puissé-je te rendre un jour en bonheur et en orgueil, par mon génie, tout ce que je t'ai coûté d'angoisses !

» Je suis en grande veine d'inspiration et j'espère beaucoup travailler ici, où je suis tranquille.

« Mais procédons maintenant par ordre aux affaires ; tu vas voir de quel fardeau tu te charges, pauvre mère !

« Je t'envoie le traité de M. Pichot, que tu signeras après l'avoir fait lire ou à M. Durmont ou à M. Labois, car j'ai la tête si chargée de pensées que je pourrais avoir omis quelque chose.

» Tu trouveras, jointe à ce traité, une lettre à Nodier, qui est pour la *Revue de Paris*. Je voudrais que M. Pichot l'acceptât, parce qu'elle varierait nos articles ; comme elle est obligeante pour tous, je ne doute pas qu'il ne la prenne ; dans ce cas, je n'aurais pas besoin d'épreuves, tu t'en ferais donner pour collationner et retirer le manuscrit.

» Dans ma prochaine lettre, je te dirai par quelle voie il faut m'envoyer les épreuves de la *Revue des Deux-Mondes*.

» Il faut appeler du procès de la *Physiologie du mariage*, si les exemplaires ne sont pas retirés, en le faisant constater.

» Une personne qui part pour Paris te remettra des manuscrits à porter à Mame. Tu lui diras qu'il

aura pour février prochain *les Chouans* corrigés,
s'il les réimprime.

» Je fais par délassement des contes drôlatiques.
J'en ai déjà trois d'écrits ; j'en suis content.

» Veille bien à tout chez moi, renvoie qui tu
voudras, fais toutes les économies que tu jugeras
possibles.

» Je travaille pour approvisionner la *Revue de
Paris* jusqu'en décembre, et j'ai en tête les articles de janvier et de février, ils sont donc à moitié
faits.

» Ne t'inquiète pas de ma jambe. J'ai pris des
bains, l'escarre se forme. On m'avait retenu ici
une jolie chambre qui me coûte deux francs par
jour. Je fais venir mes repas d'un restaurant voisin. Le matin, un œuf et une tasse de lait ; ce déjeuner revient à quinze sous. Le dîner, à l'avenant.
Vous voyez, mère, que si vous avez un fils un
peu rêveur, il est au moins économe !

» Je te serre dans mes bras et t'embrasse sur ces
chers yeux qui veillent pour moi. »

« Aix, 15 septembre.

« Un souvenir à toi, ma sœur bien-aimée ; au
milieu de mes voyages, j'ai vu des pays délicieux ;
j'en verrai de plus beaux encore peut-être ; je veux
que tu saches qu'ils ne peuvent te faire oublier.

» De ma chambre je découvre toute la vallée
d'Aix ; à l'horizon, des collines, la haute montagne
de la Dent-du-Chat et le délicieux lac du Bourget;
mais il faut toujours travailler au milieu de ces
enchantements : ma mère t'a dit que j'ai quarante
pages à fournir par mois à la *Revue de Paris.*

» Me voilà entre trente et quarante, chère sœur,
c'est-à-dire dans toute ma force; il faudrait maintenant écrire mes plus beaux sujets qui doivent
faire le couronnement de mon œuvre; je verrai à
mon retour si j'aurai la tranquillité qu'il me faut
pour aborder ces grands ouvrages.

» Ma mère t'a dit aussi sans doute que j'ai man-
qué périr sous les roues d'une diligence; je m'en
suis tiré avec un accroc à la jambe, mais des bains
et le repos la guérissent. J'ai pu me faire conduire
hier en voiture au lac.

» Je suis aux portes de l'Italie et je crains de
succomber à la tentation d'y entrer. Le voyage ne
serait pas très-coûteux; je le ferais avec la famille
Fitz-James; qui m'y donnerait tous les agréments
possibles; ils sont tous parfaits pour moi; je voya-
gerais dans leur voiture, et toute dépense calculée,
il en coûterait mille francs pour aller de Genève à
Rome. Mon quart serait donc de deux cent cin-
quante francs ; à Rome il me faudrait cinq cents
francs, puis je passerais l'hiver à Naples, mais pour

ne pas toucher aux recettes de Paris et les laisser
pour les échéances, j'écrirais pour Mame *le Médecin de campagne*, et ce livre payerait tout.

» Je ne retrouverai jamais pareille occasion. Le
duc connaît l'Italie et m'éviterait toute perte de
temps; les ignorants en dépensent beaucoup à voir
des choses inutiles. Je travaillerais partout; à
Naples, j'aurais l'ambassade et les courriers de
M. de Rothschild, dont j'ai fait ici la connaissance,
et qui me donnera des recommandations pour son
frère; les épreuves iraient donc leur train et le
travail aussi.

» Cause de ce projet avec ma mère, et écris-
moi bien en détail sur vous tous. »

Tous comptes faits, le voyage d'Italie coûtait trop cher, mon frère ne se le permit pas
et revint à Angoulême, où il acheva *la Femme
abandonnée*, écrivit *la Grenadière*, *le Message*, et commença *le Médecin de campagne*,
qu'il termina rue Cassini, à son retour.

Les détails qui vont suivre intéresseront-
ils?... L'affection me rend mauvais juge en
cette cause; je les crois propres à révéler ce
caractère aux qualités multiples où la jeu-

nesse résista si longtemps; et la conviction
qu'ils ne peuvent amoindrir Balzac me fait
écrire sans crainte mes souvenirs au moment
où ils me reviennent, Il l'a dit lui-même: les
illusions l'ont aidé à vivre!...

Mon frère, pour se forcer à l'exercice si
nécessaire à sa santé au milieu de ses travaux
sédentaires, corrigeait ses épreuves, soit aux
imprimeries, soit chez moi.

Selon le temps, qui avait de grandes influences sur lui, ses embarras du moment,
les difficultés de son travail ou l'extrême fatigue de ses veilles, il arrivait quelquefois se
traînant à peine, morne, accablé, le teint
jaune et bistré!...

A cet aspect désolant, je cherchais ce qu'il
fallait trouver pour le tirer de sa tristesse;
lui qui voyait si bien les pensées, répondait
aux miennes avant que j'eusse parlé, et me
disait d'une voix éteinte, en tombant dans un
fauteuil:

— Ne me console pas, c'est inutile, je suis
un homme mort.

Cet homme mort commençait d'abord d'un ton dolent le récit de ses nouveaux embarras, mais s'animait si vite qu'il atteignait bientôt aux cordes les plus vibrantes de sa voix, puis, ouvrant ses épreuves, il reprenait son ton dolent et ajoutait comme conclusion :

— *Je sombrerai, ma sœur !*

— Bah ! on ne sombre pas avec les œuvres que tu corriges !...

Il relevait la tête ; sa figure se décrispait, les tons bistrés de son visage disparaissaient peu à peu.

— Tu as raison, de par Dieu !... ces livres-là font vivre !... D'ailleurs, l'aveugle hasard n'est-il pas là !... Il peut protéger un Balzac aussi bien qu'un imbécile, et il n'est pas difficile même d'inventer ce hasard !... Qu'un de mes amis millionnaires (et j'en ai) ou qu'un banquier ne sachant que faire de son argent vienne me dire : « Je connais votre immense talent et vos soucis, il vous faut telle somme pour être libre, acceptez-la sans crainte, vous vous acquitterez, votre plume vaut mes millions !...

« Il ne faut jamais que cela, ma chère! »

Habituée aux illusions qui rappelaient son courage et sa gaieté, je ne montrais jamais aucun étonnement.

Cette fable faite, il entassait raisons sur raisons pour y croire.

— Ces gens-là dépensent tant en fantaisies !... Une belle action est une fantaisie comme une autre, et qui donne de la joie à toute heure !... C'est quelque chose de se dire : *J'ai sauvé un Balzac!...* L'humanité a par-ci par-là de bons mouvements, et il y a des gens qui, sans être Anglais, sont capables de pareilles excentricités !... Moi, disait-il en frappant sur sa poitrine, moi, millionnaire ou banquier, je les aurais !...

La croyance faite, il se promenait joyeusement par la chambre en levant et agitant ses bras :

— Ah! Balzac est libre !... Vous verrez,

mes chers amis et mes chers ennemis, comme
il marchera !...

Il allait droit à l'Institut.

De là à la Chambre des pairs, il n'y avait
qu'un pas : il y entrait.

Pourquoi ne serait-il pas pair ? *Tels* et *tels*
l'étaient bien devenus... De pair, il devenait
ministre, qu'y avait-il encore là d'extraordi-
naire ? des précédents existaient. Est-ce que
ce ne sont pas les gens qui ont fait le tour de
toutes les idées qui sont les plus aptes à gouverner les hommes ? Il voudrait bien voir que
l'on s'étonnât de son portefeuille !

Le ministre s'asseyait pour gouverner la
France ; il signalait et réformait bien des
abus. De belles idées, de sages paroles sor-
taient de ces rêves !... puis, comme tout
marchait à souhait dans son ministère et
dans le royaume, il revenait au banquier ou
à l'ami qui l'avait conduit aux honneurs, pour
le trouver aussi favorisé que lui.

— Sa part sera belle dans l'avenir, on dira :
Cet homme comprit Balzac, lui prêta de l'ar-

gent sur son talent, le mena aux honneurs qu'il méritait, ce sera sa gloire à lui, n'en a pas qui veut ! Cela vaut mieux que de brûler un temple pour laisser son nom à la postétérité.

Quand il avait voyagé sur ces beaux nuages d'or, il retombait dans la réalité; mais il s'était distrait et partant consolé ; il corrigeait ses épreuves, nous les lisait avec enthousiasme, puis nous quittait en se moquant de lui-même.

— Adieu, je cours chez moi voir si mon banquier m'attend, disait-il en riant de son bon rire ; s'il n'y est pas, je trouverai toujours le travail, mon vrai bailleur de fonds.

Cet esprit ardent cherchait sans cesse les moyens d'arriver à la liberté, et ces recherches fatiguaient autant son esprit que ses travaux.

Un jour il croyait avoir découvert une substance propre à la composition d'un nouveau papier. Cette substance était partout, coûtait moins que le chiffon ; c'était une joie, des projets et des espérances bientôt suivies de déceptions, car les expériences ne réussissaient pas.

On le croyait désolé, on le retrouvait radieux.

— Et ton papier?

— Il s'agit bien de papier!... Vous n'aviez pas songé, vous autres, que les Romains, peu expérimentés dans l'extraction des mines, ont laissé des richesses dans leurs scories. Des savants de l'Institut, que j'ai consultés, le pensent comme moi, et je pars pour la Sardaigne.

— Tu pars en Sardaigne, avec quoi?

— Avec quoi!... Je parcourrai ce pays à pied, le sac sur le dos, vêtu comme un mendiant, faisant peur aux brigands et aux moineaux; j'ai tout calculé, six cents francs me suffiront.

Les six cents francs trouvés, il partait et nous écrivait de Marseille, le 20 mars 1833, je crois :

« N'aie aucune inquiétude, ma mère, et dis à
Laure de n'en point avoir. J'ai assez, et, n'en dé-
plaise à la sagesse *lauréenne*, je n'aurai sans doute
besoin de rien pour le retour. Je viens de passer
cinq nuits et quatre jours sur l'impériale. J'ai les
mains si gonflées, que je puis à peine écrire. Demain, mercredi, à Toulon ; jeudi, je pars pour
Ajaccio. J'y serai vendredi, et huit jours suffiront
ensuite pour mon expédition. Je pouvais, d'ici,
aller pour quinze francs en Sardaigne par les na-
vires de commerce, mais ils peuvent être quinze
jours en route ; puis c'est l'équinoxe, tandis que
pour le triple, il est vrai, je serai en Sardaigne en
trois jours. Maintenant que m'y voilà presque, je
commence à avoir des doutes ; en tout cas, on ne
peut risquer moins pour avoir plus ! Je n'ai dépensé que dix francs sur la route. Je suis dans un
hôtel qui fait frémir ; enfin, avec des bains on s'en
tire !... Si j'échoue, quelques nuits de travail auront bientôt rétabli l'équilibre ! En un mois, j'aurai
ramassé bien de l'argent avec ma plume.

» Adieu, chère mère aimée ; pense qu'il y a
beaucoup plus d'envie de faire cesser des souffrances chez des personnes chères que de désir de
fortune personnelle dans ce que j'entreprends ;
quand on n'a pas de mise de fonds, on ne peut
faire fortune que par des idées semblables à celle

que je vais mettre à fin. Tout à toi, ton fils respectueux. »

Il fallait lui entendre raconter, au retour, les péripéties de ce singulier voyage. Il avait eu la chance de rencontrer de vrais brigands.

« Ils sont assez bons diables en dehors de leur industrie, nous disait-il, ils m'ont renseigné sur tout ce que je voulais savoir. Ces gens-là toisent joliment le pays et les gens ; ils ont si bien vu que je n'étais pas pour eux un client, que je crois, Dieu me pardonne, qu'ils m'auraient plutôt prêté de l'argent que de m'en demander. »

Arrivé à Bastia sans un sou, il avait fait émeute parmi la bonne jeunesse en se nommant ; tous connaissaient ses livres et étaient enthousiasmés de le voir : grande joie pour lui. J'ai déjà de la réputation en Corse, nous disait-il ; la brave jeunesse ! le beau pays ! Reçu et fêté chez M. B..., inspecteur des finances, qu'il connaissait, il avait gagné chez lui au jeu l'argent qu'il lui fallait pour son retour en France au moment où il allait nous écrire de lui en envoyer. Il aimait ces chances qui lui faisaient croire à son étoile. Mais ce n'était pas tout, en piétinant en Sardaigne, et étant ballotté sur la mer, il avait trouvé des sujets... mais des sujets!... Les derniers surpassaient toujours tous les autres, à moins qu'on n'en convînt, car alors il prouvait l'excellence des premiers. Il nous racontait ces nouveaux sujets avec feu ; plan, détails, il tenait tout. — C'est un peu joli à faire, ajoutait-il.

— Est-ce que tu contes ainsi tes idées à tout le monde, lui demandais-je avec quelque effroi, sachant que dans cette bonne république des lettres, où chacun veut être roi, on n'est pas toujours fort scrupuleux sur les titres de propriété.

— Pourquoi pas ? répondait-il, le sujet n'est rien, c'est l'exécution qui est tout ; qu'ils fassent donc du Balzac, je les en défie ! Est-ce que les voleurs savent travailler ? S'ils réussissent, tant mieux pour le public, je ne regretterai rien, et je retrouverai autre chose donc! ce monde est grand, et la cervelle humaine est aussi vaste que le monde.

Les échantillons rapportés des mines étaient remis aux chimistes; il fallait du temps pour les analyser; Honoré n'était pas prêt d'ailleurs pour aller demander la concession en Piémont, il avait auparavant à satisfaire ses libraires et à gagner l'argent du voyage.

Il vécut une année sur cette fortune de Sardaigne, et les projets allèrent à l'avenant; il volait, ailes déployées, dans un Eden terrestre qu'il arrangeait à sa guise, il achetait en Touraine le petit château de Montcontour qui lui faisait envie; car, malgré l'indifférence de ses compatriotes pour lui, il aimait ce pays, où il voulait finir ses jours « Les douces et tranquilles pensées y poussent en l'âme comme la vigne en terre, » disait-il. Là, il se reposait et vivait comme l'huître en sa coquille, bâillant au soleil couchant. Il dorait cette existence campagnarde de toutes les richesses de son esprit, et se transformait en docteur Minoret au milieu de son curé,

de son maire et de son juge de paix, lui en-
viant déjà l'heureuse vieillesse qu'il lui donna
dans *Ursule Mirouët*. (Nul doute qu'il ne
connût dès lors le docteur Minoret.)

Il avait d'ailleurs garde à carreau contre
la rouille de l'intelligence ; il venait tous les
hivers à Paris ; il y avait un salon comme celui du baron Gérard, le modèle de tous les
salons d'artistes passés, présents et futurs ;
il meublait ce salon, y recevait, comme Gérard, toutes les célébrités nées ou à naître ;
il saurait les honorer comme il convient, lui
qui savait tous les respects qu'elles méritent.
Bah ! il recevrait même les critiques. C'était
une pacification générale, ce roi absolu était
bonhomme et n'avait ni haine ni jalousie.

Il retournait chez lui aimé et béni de tous.

C'étaient là ses beaux rêves!...

Ces songes pesaient sur le cœur de ses
amis tout autant que ses tristesses ; n'accu-
saient-ils pas également le poids de ses tourments ? Ce n'était que dans les songes qu'il

pouvait s'en délivrer ; aussitôt éveillé, il fallait recharger le fardeau.

Un an après son voyage en Sardaigne, mon frère, ayant achevé les ouvrages promis aux libraires, aux revues et aux journaux, se rendit en Piémont pour obtenir la concession des mines. Expansif comme toujours, il avait raconté le motif de son voyage au capitaine génois qui l'avait transporté en Sardaigne. La lettre qui suit explique comment le Génois profita de ces confidences au détriment de mon frère.

« Milan.

» Chère sœur,

» Il serait trop long de t'écrire tout ce que je te raconterai en détail quand je te verrai, ce qui sera bientôt, je l'espère. Je suis, après des voyages très-fatigants, retenu ici pour les intérêts de la famille de V... La politique les embrouillait tellement, que le reste du bien qu'elle possède en ce pays eût été séquestré, sans toutes mes démarches, qui ont heureusement réussi.

» M. d'Etchegoyen, qui retourne à Paris, a l'obligeance de se charger de cette lettre. Quant à

8.

l'objet principal de mon voyage, tout était comme
je le présumais, mais le retard de mon arrivée m'a
été fatal; le Génois a un contrat en bonne forme
avec la cour de Sardaigne; il y a un million d'argent dans les scories et dans les plombs; une maison de Marseille avec qui il s'est entendu les a fait
essayer. Il fallait, l'année dernière, ne pas lâcher
prise sur l'idée et les devancer.

» Enfin, j'ai trouvé aussi bien, et mieux même.
Je causerai de tout ceci avec ton mari à mon retour. Nous aurons à revenir ici avec lui et un ingénieur des mines; tu seras peut-être du voyage,
car, grâce à l'expérience que je viens de faire,
nous ne dépenserons pas beaucoup plus qu'on ne
dépense à Paris dans le même temps; et comme
il n'y a pas de Génois dans l'affaire, nous pour-
rons attendre que nous soyons tranquilles; je suis
donc à peu près consolé.

» J'ai beaucoup souffert dans mon voyage, surtout du climat; c'est une chaleur qui relâche toutes
les fibres et qui rend incapable de quoi que ce
soit. Je me surprends à désirer nos nuages et nos
pluies françaises; la chaleur ne va qu'aux faibles.

» J'ai bien pensé à vous en marchant et souf-
frant; mais je voyais notre bonheur à tous dans
le lointain, et cela me ravivait.

» Le frère mathématicien conviendra, j'espère,

qu'on ne peut trouver une affaire plus belle, et il
sera aussi joyeux que moi.

» Communique cette lettre à ma mère; je suis
obligé de la terminer un peu brusquement; j'ai
une encre et des plumes avec lesquelles toute écriture est impossible. Je crois que le gouvernement
autrichien s'arrange pour qu'on ne puisse écrire.
A bientôt. »

C'est ainsi qu'une espérance remplaçait
aussitôt une déception dans l'esprit de mon
frère; entraîné par le courant de sa vie, il ne
put donner suite à la nouvelle affaire dont il
parle, et qui fut très-fructueuse pour ceux
qui l'entreprirent.

Absente de Paris au mois d'octobre de la
même année, je reçus de mon frère la lettre
suivante :

« Tu pars sans crier gare ; le pauvre travailleur
court chez toi pour te faire partager une petite
joie, et pas de sœur ! Je te tourmente si souvent
de mes ennuis, que c'est bien le moins que je
t'écrive cette joie. Tu ne te moqueras pas de moi,
tu me croiras, toi !...

» Je vais hier chez Gérard ; il me présente trois

familles allemandes. Je crois rêver, trois familles!...
rien que cela!... L'une de Vienne, l'autre de Franc-
fort, la troisième prussienne, je ne sais d'où.

» Elles me confient qu'elles viennent fidèlement
depuis un mois chez Gérard, dans l'espérance de
m'y voir, et m'apprennent qu'à partir de la frontière de France ma réputation commence (cher
ingrat pays!) « Persévérez dans vos travaux,
» ajoutent-elles, et vous serez bientôt à la tête de
» l'Europe littéraire! » De l'Europe! ma sœur, elles
l'ont dit! Flatteuses familles!... Ferais-je pouffer
de rire certains amis si je leur racontais ceci! Ma
foi, c'était de bons Allemands, je me suis laissé
aller à croire qu'ils pensaient ce qu'ils disaient,
et, pour être vrai, je les aurais écoutés toute la
nuit. La louange nous va si bien à nous autres artistes, que celle des bons Allemands m'a rendu
le courage; je suis parti tout guilleret de chez Gérard, et je vais faire un triple feu sur le public et
sur les envieux, à savoir : *Eugénie Grandet*, *les
Aventures d'une idée heureuse*, que tu connais, et
mon *Prêtre catholique*, l'un de mes plus beaux
sujets.

» L'affaire des ÉTUDES DE MOEURS est en bon
train; trente-trois mille francs de droit d'auteur
pour des réimpressions boucheront de grands
trous. Ce tronçon de dettes payé, j'irai chercher

ma récompense à Genève. L'horizon commence donc à s'éclaircir.

» J'ai repris ma vie de travail. Je me couche à six heures, aussitôt dîner. L'animal digère et dort jusqu'à minuit. Auguste me pousse une tasse de café avec lequel l'esprit va toute d'une traite jusqu'à midi. Je cours à l'imprimerie porter ma copie et prendre mes épreuves pour donner de l'exercice à l'animal, qui rêvasse tout en marchant.

» On met bien du noir sur du blanc en douze heures, petite sœur, et au bout d'un mois de cette existence, il y a pas mal de besogne de faite. Pauvre plume! il faut qu'elle soit de diamant pour ne pas s'user à tant de labeur! Faire grandir son maître en réputation, selon les prescriptions allemandes, l'acquitter envers tous, puis lui donner un jour le repos sur la montagne, voilà sa tâche!

» Que diable allez-vous faire si tard à M...? Conte-moi donc cela, et dis avec moi que les Allemands sont de bien braves gens. Poignée de main fraternelle à M. *Canal;* dis-lui que *les Aventures d'une idée heureuse* sont sur le chantier.

» Je vous envoie à lire mes épreuves du *Médecin de campagne.*

Les Aventures d'une idée heureuse ne fu-

ne pas pour écrites que [...] l'Église catholique [...]
[...] pas une de ces deux livres lui
[...] par les mauvaises [...]
[...] dont son bon frère était
[...] se proposait, dans cet ou-
vrage, de tirer l'histoire d'une idée utile a [...]
[...] par les intérêts particuliers
[...] et qui [...] celui qui [...]
[...] à la [...]

[...] été [...] ou observations et
[...] sous sa plume, et n'eût
pas été le moins saisissant de tous les livres
qui composent son œuvre.

Avant le voyage en Suisse et à Genève
dont parle mon frère dans cette lettre, et
qu'il fit en 1833, je retrouve encore cette
autre lettre qu'il m'adressa pendant une de
mes absences de Paris

« J'ai de bonnes nouvelles à t'annoncer, sœur [...]
[...] les revues me payent plus cher mes feuilles
Hé! hé!

« Werdet m'annonce que mon *Médecin de campagne* a été vendu en huit jours. Ha! ha!

« J'ai de quoi faire face aux grosses échéances de novembre et décembre qui l'inquiétaient. Ho! ho!

« Je vends la réimpression des ouvrages de ce mauvais drôle de X..., de Z..., et autres pseudonymes. La vente se fait par un tiers, avec faculté de nier ces œuvres, *que je ne reconnaîtrai jamais!* Mais comme on les réimprimerait sans moi dans cette damnée Belgique, qui fait tant de tort aux auteurs et aux libraires, je cède à la nécessité qui se traduit en bons écus, et de cette façon je circonscris le mal.

« Enfin, S... édite mes *Contes drolatiques.* — *Écus sur écus.*

« Tout va donc bien. Encore quelques efforts, et j'aurai triomphé d'une grande crise par un faible instrument : une plume!

« Si rien ne vient à la traverse, en 1838 je ne devrai plus qu'à ma mère, et quand je songe à mes désastres et aux tristes années que j'ai traversées, je ne puis me défendre de quelque fierté en pensant qu'à force de courage et de travail j'aurai conquis ma liberté.

« Cette pensée m'a rendu si joyeux, que l'autre soir j'ai fait des projets avec. Sur elle ou vous allez comptés, mes amis, je lui faisais bâtir une maison près de la mienne, nos jardins se touchaient, nous mangions ensemble les fruits de nos arbres... J'allais bien!...

» Le bon frère a souri en levant les yeux au ciel; il y avait bien de l'affection pour toi et pour moi dans ce sourire, mais j'y ai vu aussi que ni lui ni moi ne tenions encore nos maisons; n'importe, les projets soutiennent le courage, et que Dieu me conserve la santé, nous aurons nos maisons, ma bonne sœur! »

Ce projet amena plus tard l'acquisition d'un terrain à Ville-d'Avray, où mon frère fit bâtir *les Jardies*. Mais le terrain en pente fit crouler les murs. Cette propriété coûta plus qu'elle n'aurait dû coûter; d'autres circonstances malheureuses obligèrent mon frère à la vendre. Aussi considéra-t-on cet achat comme une faute.

Honoré se proposait, dans les *Contes drôlatiques* dont il est question dans sa lettre, de suivre toutes les transformations de la langue française depuis Rabelais jusqu'à nos jours, en imprégnant ses récits des idées de ces temps si différents.

— Il en sera pour cet ouvrage comme pour LA COMÉDIE HUMAINE, nous disait-il, on ne verra le but qu'après l'achèvement ; jusque-là, ces contes feront seulement le délassement des artistes, qui y trouveront la gaieté dont ils ont si souvent besoin.

Il croyait qu'à défaut de ses autres œuvres, ces contes suffiraient pour le sauver de l'oubli.

Les études que mon frère fit alors sur les vieux prosateurs français, le portaient à regretter certains mots tombés en désuétude et qui n'avaient pas été remplacés. Il s'attendrissait sur leur sort comme eût pu le faire Vaugelas.

— Quels jolis mots ! expriment-ils bien ce qu'ils veulent dire ! Quelle grâce naïve ! On ne les trouve qu'à l'enfance des langues ; il faut aujourd'hui des phrases pour les remplacer ! Quand je travaillerai au dictionnaire de l'Académie !...

Ces paroles le jetaient dans des projets

par lesquels la langue française devenait millionnaire.

Il s'emportait un peu à ce sujet contre ceux qui le querellaient pour quelques expressions qu'il avait créées par-ci par-là dans ses livres.

— Qui a donc le droit de faire l'aumône à une langue, si ce n'est l'écrivain ? La nôtre a très-bien accepté les mots de mes devanciers, elle acceptera les miens ; cés parvenus seront nobles avec le temps, qui fait toutes les noblesses. Mais laissons japper les critiques après mes *néologismes*, comme ils disent, il faut bien que tout le monde vive.

Je passe des lettres qu'il m'écrivit pendant son voyage en Suisse, en 1833. Ces lettres, datées du Val-de-Travers et de Genève, contiennent principalement des détails sur les amis qu'il y allait voir.

A son retour en France, il séjourna à Angoulême. Voici l'une des lettres qu'il m'adressa de cette ville :

« Deux lettres de ma sœur sans réponse! Heureusement que tu ne comptes pas avec moi; il y a longtemps que je le sais. Quelle chère et douce affection que celle qui ne vous donne aucune inquiétude! Tu es convaincue, n'est-ce pas, que je ne puis oublier celle qui parlait pour moi quand j'étais enfant, qui me battait et me faisait ces bonnes niches qui amenaient de si joyeux rires!... Heureux temps, où es-tu?...

» Je corrige *Eugénie Grandet. Je ne dors ni ne veille; cet enfant me réveille*, et me laisse peu de loisirs. . . . .

. . . .

Si tu te doutais de ce que c'est que de pétrir des idées, de leur donner forme et couleur, tu ne serais pas si leste à la critique! Ah! il y a trop de millions dans *Eugénie Grandet!* Mais, bête, puisque l'histoire est vraie, veux-tu que je fasse mieux que la vérité? Tu ignores comment l'argent pousse dans les mains des avares. . . . .
Enfin, si tes criailleries sont justes, aux autres éditions, je justifierai encore mieux les chiffres, ou je les réduirai. . . . .
Toujours penser comme la Fontaine sous son arbre! Si l'on faisait du la Fontaine encore? Mais ce n'est que du Balzac, sera-ce quelque chose?...
Comme ce doute me tourmente dans mes mauvais.

jours! plus encore que mon état d'oiseau sur la branche, je t'assure; et cependant, n'est-ce pas triste, après tant de travaux, de n'avoir encore rien dans l'avenir que l'avenir lui-même! Quel sera-t-il, Laure? Qui peut résoudre cette question pleine d'anxiété? Mon seul bien aujourd'hui gît dans quelques affections vraies et dévouées; mais les expressions n'étant pas les mêmes dans les sentiments, s'il y a des personnes avec qui je m'entends toujours, il y en a d'autres avec qui je suis moins heureux. Tu es l'une des premières, chère, bien chère sœur.

» J'ai rapporté de Suisse l'idée d'un beau livre, par ma foi! Nous en causerons à mon retour. »

Ce livre était *Séraphita*. Je suis obligée, quoique à regret, de parler du procès que cet ouvrage suscita et que mon frère soutint contre la *Revue des Deux-Mondes*, non que je veuille raviver des inimitiés, Dieu m'en garde! Mais ce procès compta trop dans sa vie pour que je puisse le passer sous silence, car il lui rendit momentanément la détresse de ses premières années littéraires, quand il commençait à en triompher, en lui retirant

l'appui des revues et des journaux et susci-
tant contre lui beaucoup de malveillances.
Pendant que *Séraphita* paraissait dans cette
Revue, des amis de Saint-Pétersbourg apprennent à mon frère qu'on y publie en entier cet
ouvrage, qui n'était encore qu'à la moitié de
sa publication à Paris. Mon frère croit que
c'est à l'insu du directeur qu'on fait ce tort à ses
intérêts, et court le prévenir. C'était le directeur qui, se croyant sans doute dans son droit,
faisait faire cette reproduction. Mon frère
réclame, le directeur se fâche et ne veut entendre à aucun arrangement amiable. Honoré
lui déclare alors qu'il va faire juger le différend par les tribunaux, pour faire constater
juridiquement la propriété des auteurs. Il ne
veut pas laisser passer un pareil fait, sur
lequel on pourrait s'appuyer à l'avenir au
détriment de ses confrères comme au sien.

Intenter cette action était beaucoup oser ;
le procès, gagné ou perdu, devait toujours
avoir de funestes conséquences pour Honoré ;
indépendamment de la question d'argent,

fort importante pour lui, la *Revue* lui ferme-
rait à l'avenir ses colonnes et lui deviendrait
certainement hostile, on n'en pouvait douter.

Ces considérations prévues ne l'arrêtent
pas ; il entame le procès. Quel n'est pas
son étonnement en voyant son adversaire,
armé, devant les juges, d'attestations de
bonne vie et mœurs littéraires signées par
presque tous ses confrères, qu'il avait voulu
défendre à ses risques et périls !

Honoré fut très-ému de ce qu'il appelait
au moins une défection ; longtemps il parta-
gea ses confrères en deux camps : *ceux qui
avaient signé* et *ceux qui s'étaient abstenus.*
Sa colère passée, le manque de logique des
premiers le révoltait encore !

Son droit était évident, il gagna son procès, mais aussi beaucoup d'ennemis !

Ce procès, et le livre intitulé : *Illusions
perdues*, dans lequel il peint les feuilleto-
nistes, déchaîna la presse contre lui, et les
haines littéraires sont si vivaces, que sa mort
ne les a pas toutes désarmées. Il se tourmen-

tait si peu de ces attaques, qu'il nous apportait souvent à lire les articles où on le mal-
traitait le plus.

— Voyez un peu, nous disait-il, comme
tous ces gens-là se démènent ! Tirez, mes
chers ennemis, l'armure est bonne, et vous
évitez des réclames à mes libraires; vos éloges
endormiraient le public, vos injures l'éveillent... Vont-ils bien ! Si j'étais riche, on di-
rait que je les paye; mais ne soufflons mot,
ils seraient capables de se taire s'ils savaient
le bien qu'ils me font.

Nous pensions autrement que lui et nous
nous affligions de ces attaques.

— Êtes-vous simples de vous attrister ! re-
prenait-il; les critiques peuvent-ils rendre
mes œuvres bonnes ou mauvaises? laissons
faire le temps, ce grand justicier; si ces
gens se trompent, le public le verra un jour
ou l'autre, et l'injustice profite alors à celui
qu'elle a maltraité; d'ailleurs ces *guerilleros*
de l'art touchent juste quelquefois, et en
corrigeant les fautes qu'ils signalent, on rend

l'œuvre meilleure ; en fin de compte, je leur dois de la reconnaissance.

Il ne voulait donc ni protestations ni récriminations. Une seule fois il manqua à la loi qu'il s'était faite de n'opposer que le silence à ses détracteurs, en écrivant *la Monographie de la presse ;* cette œuvre, où l'esprit scintille à chaque ligne, lui fut arrachée par ses amis ; ils accusaient mon frère de faiblesse, presque de couardise ; il montra la griffe, mais regretta depuis cette œuvre qui faisait tort, selon lui, à son caractère, si ce n'était à son talent.

Les conséquences funestes qu'eut pour lui le procès de la *Revue* sont exprimées dans la lettre suivante, écrite de la rue des Batailles, à Chaillot, où il alla demeurer en quittant la rue Cassini, avant d'habiter *les Jardies* :

« Ton mari et Sophie sont venus hier faire un détestable dîner dans ma garçonnière de Chaillot ; le procédé était d'autant plus malséant que le bon frère avait couru toute la journée pour moi.

· » Je viens de conclure une bonne affaire avec · l'*Estafette*, les autres grands journaux me reviendront, ils ont besoin de moi. D'ailleurs, m'ont-ils enlevé mes champs cérébraux, vignes littéraires et bois intelligentiels? et ne me reste-t-il pas les libraires pour les exploiter? Ceux-ci, ne comprenant pas leur véritable intérêt (ceci te paraîtra incroyable), préfèrent les ouvrages qui n'ont paru dans aucune revue ; ce n'est pas le moment de les éclairer : il est certain néanmoins qu'une première impression leur évite des annonces, et que plus une œuvre est connue, plus elle se vend.

» Ne te chagrine donc pas, il n'y a pas encore péril en la demeure ; je suis fatigué, il est vrai, malade même, mais j'accepte l'invitation de M. de M.... et vais passer deux mois à Saché, où je me reposerai et me soignerai. J'y essayerai du théâtre tout en finissant mon *Père Goriot* et corrigeant la *Recherche de l'absolu*. Je commencerai par *Marie Touchet*, une fière pièce où je dresserai en pied de fiers personnages.

» Je veillerai moins, ne te tourmente donc pas trop de cette douleur au côté. Écoute donc, il faut être juste, si les chagrins donnent la maladie de foie, je ne l'aurai pas volée ! mais halte-là, madame la Mort, si vous venez, que ce soit pour recharger mon fardeau, je n'ai pas encore fini ma tâche !... Ne t'inquiète pas trop, le ciel deviendra bleu !...

» On réimprime *le Médecin de campagne*, il manquait dans le commerce ; c'est-il gentil, ça ?...

» La veuve B...... a été sublime, elle a pris à sa charge quatre mille francs de corrections qui étaient à la mienne ; c'est-il gentil encore cela ?

» Va, si Dieu me prête vie, j'aurai une belle place et nous serons tous heureux ; rions donc encore, ma bonne sœur, la maison Balzac triomphera ! crie-le bien fort avec moi pour que la fortune nous entende, et, pour Dieu ! ne te tourmente pas !... »

Je ne puis malheureusement donner qu'un fragment et une lettre de sa correspondance pendant les trois mois qu'il passa à Saché, dans cette année 1834 :

« Ta lettre est la première félicitation qui m'arrive sur la *Recherche de l'absolu*. Ton affection prend toujours les devants sur tout le monde !...

» Tu as raison, les éloges sur la vérité desquels nous pouvons compter font du bien à l'âme et sont nos récompenses à nous, pauvres ouvriers littéraires ! Je me suis senti tout bêtement ému à tes bonnes phrases.

» Tu as tort, je crois, sur les longueurs que tu trouves, elles ont des ramifications avec le sujet qui te sont échappées ; je défends aussi Marguerite : non, ce caractère n'est pas forcé, parce que Marguerite est Flamande ; ces femmes-là ne suivent qu'une idée et vont avec flegme à leur but.

» Tes critiques sont douces, d'ailleurs, nous en causerons, et si on les répète, j'aviserai.

» Oui, la *Recherche de l'absolu* est un livre grandement fait, comme tu le dis, et j'en ai la conscience. »

La lettre qui suit le montre dans un de ces découragements auxquels les artistes, quelque énergiques qu'ils soient, ne peuvent échapper :

« Je suis si triste aujourd'hui, qu'il doit y avoir quelque sympathie sous cette tristesse. Quelqu'un de ceux que j'aime serait-il malheureux ? ma mère est-elle souffrante ? où est mon bon Surville, est-il bien de corps et d'âme ? Avez-vous des nouvelles de Henri, sont-elles bonnes ? toi ou tes petites, seriez-vous malades ? rassurez-moi vite sur tous ces chers sujets.

» Mes essais de théâtre vont mal, il faut y re-

noncer pour le moment. Le drame historique exige
de grands effets de scène que je ne connais pas
et qu'on ne trouve peut-être que sur place, avec
des acteurs intelligents. Quant à la comédie, Molière, que je veux suivre, est un maître désespé-
rant, il faut des jours sur des jours pour arriver à
quelque chose de bien en ce genre, et c'est toujours le temps qui me manque. Il y a d'ailleurs
d'innombrables difficultés à vaincre pour aborder
n'importe quelle scène, et je n'ai pas le loisir de
jouer des jambes et des coudes; un chef-d'œuvre
seul et mon nom m'en ouvriraient les portes, mais
je n'en suis pas encore aux chefs-d'œuvre. Ne
pouvant compromettre ma réputation, il faudrait
trouver des prête-noms; c'est du temps à perdre,
et le fâcheux, c'est que je n'ai pas le moyen d'en
perdre! Je le regrette; ces travaux, plus productifs
que mes livres, m'auraient plus promptement tiré
de peine. Mais il y a longtemps que les angoisses
et moi nous nous sommes mesurés, je les ai domp-
tées, je les dompterai encore. Si je succombe,
c'est le ciel qui l'aura voulu et non pas moi.

» La vivacité d'impression que mes chagrins te
causent devrait m'interdire de t'en parler, mais le
moyen de ne pas épancher mon cœur trop plein
près de toi? c'est mal, cependant; il faut une organisation robuste qui vous manque, à vous autres

femmes, pour supporter les tourments de la vie
de l'écrivain.

» Je travaille plus que je ne le voulais, que
veux-tu? Quand je travaille, j'oublie mes peines,
c'est ce qui me sauve; mais toi, tu n'oublies rien!
Il y a des gens qui s'offensent de cette faculté,
ils redoublent mes tourments en ne me comprenant pas!

» Je devrais faire assurer ma vie pour laisser,
en cas de mort, une petite fortune à ma mère;
toutes dettes payées, pourrais-je supporter ces
frais? je verrai cela à mon retour.

» Le temps que durait jadis l'inspiration pro-
duite par le café diminue; il ne donne plus maintenant que quinze jours d'excitation à mon cerveau,
excitation fatale, car elle me cause d'horribles douleurs d'estomac. C'est au surplus le temps que
Rossini lui assigne pour son compte.

» Laure, je fatiguerai tout le monde autour de
moi et ne m'en étonnerai pas. Quelle existence
d'auteur a été autrement? mais j'ai aujourd'hui la
conscience de ce que je suis et de ce que je serai!

» Quelle énergie ne faut-il pas pour garder sa
tête saine quand le cœur souffre autant! Travailler nuit et jour, se voir sans cesse attaqué quand
il me faudrait la tranquillité du cloître pour mes
travaux! Quand l'aurai-je? l'aurai-je un seul jour!

que dans la tombe peut-être !... on me rendra justice alors, je veux l'espérer !... mes meilleures inspirations ont toujours brillé au surplus aux heures d'extrêmes angoisses, elles vont donc luire encore !...

» Je m'arrête, je suis trop triste, le ciel devait un frère plus heureux à une sœur si affectionnée !... »

Mon frère était alors accablé par un grand chagrin de cœur ; je ne peux publier de sa volumineuse correspondance que ce qui a rapport à lui ou à ses œuvres, et le montrer que sous l'aspect de fils ou de frère ; ces restrictions privent le public de quelques pages intéressantes, notamment de celles qu'il m'adressa après la mort d'une personne bien chère. C'est ce que j'ai lu de plus éloquent dans l'expression de la douleur.

Je tiens de l'obligeance de quelques personnes intimes les lettres qui suivent et qui permettront de juger aussi mon frère comme ami :

« Janvier... .

» Mon cher D...., voici le manuscrit corrigé et

les épreuves des *Chouans;* dès que j'ai mis un
nom ami en tête de chacune de mes compositions, celle-ci vous était destinée, mais les hasards
qui dominent les livres ont fait que depuis 1834
les Chouans n'ont pas été réimprimés, quoique
plusieurs personnes aient trouvé ce livre meilleur
que sa réputation.

» Si j'étais de ceux qui marquent dans leur
temps, ceci pourrait avoir une grande valeur un
jour, mais ni vous ni moi ne saurons le mot de
cette énigme ; aussi n'y voyez qu'une marque de
cette amitié qui m'est restée au cœur, quoique
vous l'ayez peu cultivée depuis bien des années.

» Tout à vous. »

La dédicace des *Chouans* est : *Au premier
ami, le premier ouvrage.*

« Mon cher D...., ma sœur m'a dit qu'une parole qui m'était échappée vous avait fait de la
peine. Ce serait me bien mal connaître que de me
croire ami à demi. Il y a bientôt dix-huit ans qu'un
jour de Pâques, passant à la place Vendôme entre
vous et M. P. le H.... au pied de la Colonne, j'é-
tais bien jeune alors, mais je sentais ce que je
serais un jour ; vous dites que les honneurs et la
fortune changeaient les cœurs ; je vous répondis

que rien ne me ferait changer en fait d'affection ;
cela est vrai, je n'en ai trahi aucune ; aujourd'hui,
tous ceux qui sont mes amis vrais sont sur le pied
de la plus parfaite égalité. Si vous me pratiquiez
un peu plus, vous le sauriez. Je suis resté bien
enfant malgré la réputation que j'ai pu acquérir,
seulement, j'ai l'égoïsme du grand travailleur ;
seize heures par jour données à un monument littéraire qui sera gigantesque, ne me laissent rien
dont je puisse disposer. Cette privation des plaisirs du cœur est le plus fort impôt que je paye à
l'avenir ; quant aux plaisirs du monde et de la vie,
l'art a tout tué sans regrets de ma part.

» Je pense que l'intelligence et les sentiments
égalisent tout. Ainsi, mon ami, ne mettez jamais
au singulier ce que je dis pour les masses.

» J'ai été quatre fois chez vous pour vous voir,
vous êtes je ne sais où ; si je ne rafraîchis pas
moi-même votre cœur froissé, cette lettre vous
dira que je crois avoir peu de chose à faire, car
mon étonnement a été des plus grands quand ma
sœur m'a dit que je vous avais fait de la peine.

» Adieu, une si longue lettre est un luxe pour
moi.

» Mille choses de cœur et tout à vous. »

Mon frère allant quatre fois chez M. D...,
qui demeurait fort loin de lui, pour l'assurer
qu'une expression brusque qui lui était échappée dans une discussion avait été dite sans
aucune intention blessante, n'était pas certes
un tiède ami !...

Les lettres qui suivent sont adressées à
mon amie Mᵐᵉ C... La première, datée d'octobre 1830, a été écrite de la rue de Tournon
pendant que mon frère composait ses premiers ouvrages :

« Madame,

» J'ai encore le regret de vous annoncer que je
ne pourrai aller demain à Saint-Cyr; les intérêts
de ma mère me retiennent ici; il y aurait de l'in-
gratitude à ne pas m'employer pour elle, quand
elle vient de faire tant de sacrifices pour me conserver un nom intact.

» Je suis obligé, pour vivre et pour aider un
ami plus malheureux que moi encore (son ancien
associé), de faire des efforts inouïs. Je travaille
donc nuit et jour; j'ai à revoir samedi un long
article pour la *Revue de Paris* et à faire la *Mode*,

avec laquelle je suis en retard. Pardonnez-moi donc, avec votre bonté habituelle, de remettre ainsi le plaisir de vous voir. . . . .

. . . Notre pays, madame, entre dans des circonstances bien graves. Je suis effrayé des luttes qui se préparent. Je vois de la passion partout et de la raison nulle part... C'est alors que le courage et la science, dont nous avons porté si loin les ressources, pourront aider la France à en triompher. Quel sera le dénoûment de toutes ces luttes? saura-t-on se rendre maître de la révolte des intérêts froissés qui sont au dedans du corps politique? Ah! madame, le nombre de ceux, parmi les patriotes, pour lequel le mot *patrie* n'est rien, est bien grand! Personne ne veut s'unir aux principes mitoyens dont je vous ai tracé en quelques mots le plan constitutif! Nous sommes entre les exagérés du libéralisme et les gens de la légitimité qui vont s'unir pour renverser.

» Ne m'accusez pas de non-patriotisme, parce que mon intelligence me sert à faire le décompte exact des hommes et des choses; c'est s'irriter d'une addition qui vous démontre le malheur d'une fortune.

» A chaque révolution, le génie gouvernemental consiste à opérer une fusion des hommes et des choses; voilà ce qui a fait le grand talent de Napoléon et de Louis XVIII. Le premier n'a pas été compris, le second s'est compris tout seul. Tous deux ont maintenu en France tous les partis; l'un par la force, l'autre par la ruse, parce que l'un montait à cheval et l'autre en voiture. Aujourd'hui, nous avons un gouvernement *sans plan*, et c'est notre malheur. . . . . Si vous étiez à Paris, au milieu des hommes et des affaires, votre politique de solitude changerait bientôt. . . . .

» Adieu, madame, comptez en tout temps sur mon affection sincère et sur un cœur dont la plus douce étude est de vous comprendre. »

La lettre suivante est en réponse à celle de Mme C... sur *la Physiologie du mariage*, qui avait encouru sa réprobation :

« Le sentiment de répulsion que vous avez éprouvé à la lecture des premières pages du livre que je vous ai porté, est trop honorable et trop délicat pour qu'un esprit, fût-ce même celui de l'auteur, puisse s'en offenser; il prouve que vous n'appartenez pas à un monde de faussetés et de perfidies, que vous ne connaissez pas une société qui flétrit tout, et que vous êtes digne de la solitude où l'homme devient toujours si grand, si noble et si pur.

» Il est peut-être malheureux pour l'auteur que vous n'ayez pas résisté à ce premier sentiment qui saisit tout être innocent à l'audition d'un crime, à la peinture de tout malheur, à la lecture de Juvénal, de Rabelais; de Perse et autres satiriques de même force, car je crois que vous vous seriez réconciliée avec lui en lisant quelques leçons fortes, quelques plaidoyers vigoureux en faveur de la vertu de *la femme*.

» Mais comment vous reprocher une répugnance qui fait votre éloge? Comment vous en vouloir d'être de votre sexe?

» Je vous demande donc bien humblement pardon de cet outrage involontaire contre lequel je m'étais prémuni, s'il vous en souvient! Et je vous supplie de croire que le jugement le plus rigoureux que vous avez porté sur cette œuvre ne peut altérer la sincérité de l'amitié que vous m'avez permis de vous porter. Daignez en agréer les nouveaux témoignages, etc. »

La lettre qui suit est adressée d'Aix à Angoulême. Mon frère était parti de chez M. C... pour la Savoie :

« Merci du fond du cœur de votre lettre si amie et si tendre, malgré toutes vos duretés.....

» Soyez tranquille, *le Médecin de campagne* (un livre selon votre cœur) paraîtra bientôt.....

» .....Je vous aime, parce que vous me dites tout ce que vous pensez; cependant, je ne saurais accepter vos observations sur mes opinions politiques. Mes convictions sont venues à l'âge où un homme peut juger de son pays, de ses lois et de ses mœurs. Mon parti n'a pas été pris aveuglément; je n'ai été mû par aucune considération personnelle, je vous le jure... Mes idées sont saines et justes (du moins, je le crois); elles comportent beaucoup plus des vôtres que vous ne le pensez; seulement, je prends une route que je crois plus sûre pour arriver à un bon résultat; vous ne voyez qu'une partie des intérêts, des choses, des personnes et des mœurs. Je crois voir tout et tout combiner pour un état politique prospère. Jamais je ne me vendrai et serai toujours désintéressé et généreux dans ma ligne. Je veux par-dessus tout le pouvoir fort. Il y aura toujours cohésion entre mes paroles et mes actions.

» Quant aux moyens, j'en suis juge. Je me soumets d'avance à toutes les calomnies; je me suis préparé à tout; mais un jour, il y aura des voix pour moi.

» Vous pourrez ne pas approuver ou ne pas comprendre tout d'abord mes idées et mes moyens, mais vous m'estimerez et m'aimerez toujours, parce que je sais n'être corruptible ni par un hochet, ni par l'argent, ni par une femme, ni par le pouvoir! Comptez là-dessus, je vois toujours toute ma vie et mets mon estime plus haut que tout.

» Cela dit, ne cherchez plus à me chicaner sur mes opinions; l'ensemble est arrêté; quant aux détails, à des améliorations d'exécution, votre amitié sera toujours écoutée avec délices.

. . . .

. . . .

» L'existence de mon parti est liée à la reconnaissance, sans arrière-pensée, des choses voulues par la nature et des idées du siècle.

» Je vous recommanderai la propagation de mon *Médecin de campagne*; il me fera des amis. C'est un écrit bienfaisant à gagner le prix Montyon.

» Pardonnez-moi, chère, mes plaisanteries sur l'argent de mes écrits; elles vous ont choquée; elles étaient toutes enfantines comme beaucoup de choses que je dis et fais! Croyez-vous que l'argent puisse payer mes travaux, ma santé? non, non! Si mon imagination m'emporte quelquefois, je reviens bien vite au beau et au vrai, croyez-le!...

» Vous avez eu tort et raison de me laisser partir; tort, parce que j'étais bien près de vous; raison, parce que les voyages agrandissent les idées;
je dois suivre ma destinée largement!... »

. . . .

Pour expliquer ces discussions politiques,
il faut dire que nos amis, fort influents à Angoulême, voulaient faire nommer mon frère
député à la prochaine élection. Les propriétés
que possédait ma mère, veuve, donnaient le
cens à son fils aîné.

Voici la dernière lettre que Mme C... m'a
permis de publier :

« Je vous réponds sur-le-champ sous le coup
des émotions de votre lettre. Eh quoi ! vous souf-
frez ? Songez au magnétisme, qui n'est pas une
illusion. Si vous voulez en essayer, parlez; je
ferais cent lieues pour vous éviter une douleur ;
vous ne savez pas combien je suis fidèle, exclusif
et dévoué en amitié.

. . . .

» J'ai dans l'âme, en pensant à vous, la reconnaissance des heures où vous avez été si douce et
si indulgente pour la sotte irritation que me don-

nait le café ; je voudrais bien être encore à la Poudrerie !...

» Le procès est jugé. MM. D. et B., les avocats
les plus distingués, ont décidé que j'avais mis de
la mauvaise volonté en employant huit mois à
faire *le Médecin de campagne*. Ils m'ont donné
quatre mois pour faire *les Trois Cardinaux*, et ils
sont gens d'intelligence !... Faute d'exécuter cette
sentence, je devrai trois mille huit cent francs
d'indemnité !

» Le duc de Fitz-James m'a écrit une lettre qui
m'a fort touché ; en apprenant cette décision, il
m'a prié de tirer à vue sur son banquier pour cette
somme afin que je sois délivré ; je l'ai remercié en
lui disant qu'à toutes les époques de ma vie mon
courage s'est trouvé supérieur à toutes mes misères. J'ai ajouté que si, par une transaction subite,
il fallait ces trois mille huit cents francs, je les
prendrais pour un mois.

» Mon libraire a été déclaré *menteur* et *calom-
niateur* envers moi par la même sentence ; les
arbitres ont cependant jugé que je devais continuer les affaires avec lui, et ce sont des hommes
d'honneur !... Il est condamné à me payer le livre
du *Médecin de campagne* ; il s'y refuse, il m'a donc
fallu dépenser l'argent pour lever la sentence et la
lui signifier, et aujourd'hui même on a saisi mon

ouvrage. Voilà ma vie, des courses, des frais
d'avoués; faites donc de belles choses à la traverse! J'ai reçu des coups de poignard de chapitre en chapitre de cet ouvrage qui m'a coûté
personnellement mille francs de corrections dont
les arbitres ne m'ont pas tenu compte.

» A la fin de la semaine, vous aurez ce livre;
ma foi, je crois pouvoir mourir en paix, j'ai fait
une belle chose; cet ouvrage, à mon sens, vaut
autant que des lois et des batailles gagnées ; c'est
l'Évangile en action. La seconde édition est toute
à moi. Celle à vingt sous ne peut paraître qu'en
décembre prochain. Que de gens ont pleuré à la
confession du Médecin de campagne ! Mme la duchesse d'A..., qui pleure rarement, en a été tout
émue.

» J'écris en ce moment pour le *Journal de
l'Europe littéraire,* où j'ai une action de cinq mille
francs à payer en rédaction ; les gens de lettres
sont venus tous au secours de ce journal, qui allait
tomber; c'est la dernière fois que je m'engage
ainsi. Je ne dois pas, pour faire du bien aux uns,
faire tort aux autres.

» Je m'occupe aussi de mes dizains.

» Adieu; soignez-vous. Je ne voulais vous écrire
que quelques lignes, mais le moyen de ne pas ba-
varder un peu avec ses amis de cœur ! Vous avez

raison, l'amitié ne se trouve pas toute faite ; la mienne s'accroît chaque jour pour vous du passé et du présent ; je retourne à mes phrases ; trouvez ici mille fleurs d'âme et mes plus tendres souvenirs. »

Le jeune homme qui m'écrivait de sa mansarde en 1825 : « Ajouter au titre de grand écrivain celui de grand citoyen est une ambition qui peut tenter encore, » et qui adressait ces lettres à Mme C..., de trente et un ans à trente-trois ans, eut en tout temps l'honorable ambition de servir son pays, ambition qu'il eût justifiée sans doute. C'était la conviction de ceux qui le connurent intimement dans les dernières années de sa vie ; cette conviction sera peut-être partagée par les lecteurs qui méditeront certaines œuvres de mon frère.

Il était sérieux dans toutes ses pensées, et il ne faut pas s'imaginer, comme on l'a fait, que toutes ces sciences auxquelles il a touché fussent pour lui aussi vite oubliées qu'apprises. Quand il savait, il ne savait pas super-

ficiellement ; quand il ignorait, il avouait
fort naïvement son ignorance. Aussi, lorsqu'il
avait à traiter certains sujets qu'il n'avait pu
approfondir, allait-il consulter les gens spé-
ciaux, à qui il rendait hautement la part qu'ils
avaient dans quelques-unes de ses œuvres.

L'orgueil se cachait peut-être sous ces
aveux ; il était bien capable de croire que le
temps seul lui manquait pour tout savoir.

Ce désir constant de la fortune, enfin,
qu'on a tant blâmé, sera, je crois, justifié par
les détails que j'ai donnés ; il la voulait d'a-
bord pour s'acquitter envers tous. Celui qui
la poursuivait par un tel motif ne mérite-t-il
pas l'estime de chacun ? Mon frère, engagé
malheureusement dans la vie, lutta courageusement contre l'orage, comme le poëte por-
tugais, en élevant au-dessus des vagues qui
menaçaient de l'engloutir, cette œuvre qui
devait aussi lui donner la célébrité ; ces circonstances le grandissent encore. Aussi est-
ce avec un sentiment de fierté que j'ai raconté ses infortunes !...

Je trouve une lettre de ces temps qui a rapport encore à ses œuvres ; elle est écrite en 1835, de la Boulonnière, petite terre située près de Nemours, où il devait placer les personnages de son roman d'*Ursule Mirouët* :

. . . .

« *La Fleur des pois* est achevée... »

(Ce fut d'abord sous ce titre que parut le livre qu'il appela plus tard *le Contrat de mariage*.)

« J'ai réussi, je crois, à ce que je voulais faire. La seule scène du contrat de mariage fait comprendre quel sera l'avenir des deux époux. Tu y trouveras une scène que je crois profondément comique : le combat du jeune et du vieux notariat. Je suis parvenu à intéresser à la discussion de cet acte, telle qu'elle a lieu. Voilà l'une des grandes scènes de la vie privée écrite ; plus tard, je montrerai *l'Inventaire après décès*, où l'horrible se mêle si souvent au comique ! Les commissaires-priseurs doivent en savoir long sur les turpitudes humaines ; je les ferai causer...

» Mon éditeur, la sublime Mme B..., a fait la

sottise d'envoyer les bonnes feuilles de *la Fleur des pois* à Saint-Pétersbourg. On m'écrit qu'il n'y est bruit que de *la supériorité de ce nouveau chef-d'œuvre* (style d'éditeur). Cette sottise m'a prodigieusement ennuyé ; le comique de tout ceci ne peut être saisi que par les gens d'affaires ; le public n'aimera pas cette œuvre, mais il faut capter toutes les classes, et mon plan m'oblige à être universel.

» Tout ce que tu m'écris relativement à l'achat de mon terrain à Ville-d'Avray ne me fait rien ; tu ne comprends donc pas que cet immeuble représentera ce que je dois à ma mère ?... Je n'ai pas le temps de discuter ici, je te convaincrai à mon retour. »   .   .   .   .

Pour ne rien omettre des agitations et des travaux de mon frère, il faut parler encore de la *Chronique de Paris* et de la *Revue parisienne*, feuilles littéraires qu'il voulut créer. Sa place littéraire conquise, il espéra que l'excellente rédaction de ces feuilles les ferait réussir, et le désir de s'acquitter le plus vite possible, désir qui le poursuivait tou-

jours, lui fit tenter ces entreprises. Une amie
de ma mère lui prêta l'argent nécessaire pour
la composition et les frais des premiers numéros de la *Chronique,* qui précéda la *Revue
parisienne.* Ses bons et fidèles amis lui vinrent en aide : Théophile G..., Laurent J...,
Léon G..., le marquis de B..., le comte de G...
Il appela aussi les jeunes talents dont il pré-
voyait l'avenir; Charles de Bernard, entre
autres, publia dans la *Chronique, la Femme
de quarante ans,* un de ses chefs-d'œuvre, qui
eut depuis tant de succès. Malgré ces puis-
sants appuis, la *Chronique* tomba faute d'argent et faute d'abonnés.

Quelques années après cet échec, cet
homme, infatigable à l'esperance, écrivit
presque seul les trois numéros de la *Revue
parisienne* (il habitait alors Ville-d'Avray).
Il publia dans cette revue des articles sur
Frédéric Styndhal, Walter Scott et Cooper,
qui, m'a-t-on assuré, sont des modèles de
critique littéraire.

La fatigue que la composition de sa revue

lui coûta est exprimée dans ces quelques
ligues datées de Ville-d'Avray :

« Je ne peux aller te voir, chère sœur, la fatigue me cloue ici ; j'arrête mon travail de nuit,
me couche tôt et dors. Je ne vais nulle part, je
suis brouillé avec M. de G... j'ai déjà rompu avec
ce coin du monde. Ma troisième livraison de la
Revue paraîtra dans deux jours. Ne te tourmente
pas, j'arrangerai le payement dont tu me parles.
Pourquoi ma mère est-elle triste ? J'ai encore à
souffrir, il est vrai, mais dans le combat, il faut
marcher sans s'attendrir.

» A bientôt, quoique cela ; tu sais si le faubourg
Poissonnière m'attire. Venez à Ville - d'Avray,
d'ailleurs, si vous vous ennuyez trop après le
frère. »

Pendant qu'il habitait Ville-d'Avray, il
avait loué une chambre chez Buisson, tailleur, au coin du boulevard et de la rue Richelieu ; c'était là qu'il couchait quand il venait
passer ses soirées à Paris. Après avoir vendu
les Jardies, il alla demeurer rue Basse, n° 19,
à Passy, où il resta plusieurs années, et qu'il

ne quitta que pour s'installer dans sa maison
de Beaujon. Là se bornèrent ses pérégrinations.

Cependant, les attaques contre mon frère
redoublaient au lieu de s'apaiser, et les critiques, ne pouvant se répéter, changèrent
leurs batteries et l'accusèrent d'immoralité ;
c'était le meilleur moyen de lui faire du tort
et de lui aliéner le public qui s'effraya et
s'indigna contre l'auteur de LA COMÉDIE HU-
MAINE. Ses œuvres furent défendues en Espagne, en Italie, notamment à Rome. L'immoralité, facile à juger dans les actions, est
fort difficile à préciser dans les œuvres d'art.
N'instruit-on pas, au théâtre et dans les livres,
aussi bien par la peinture des vices que par
celle des vertus? Quel écrivain, à moins d'être
Berquin ou Florian, a échappé au reproche
d'immoralité de la part des critiques contemporains? C'est leur ressource quand ils
n'ont rien à dire sur la valeur littéraire des
œuvres. Molière fut en butte à leurs attaques
pour son Tartuffe, Richardson pour la créa-

tion de son Lovelace, cet homme si vicieux et si brillant. Que ne dut-on pas dire sur la maison où Lovelace conduit Clarisse ? Quelles clameurs enfin n'accueillirent pas la *Manon Lescaut* de l'abbé Prévost ?

Ces accusations furent très-funestes à mon frère ; elles le chagrinèrent profondément et, par moments, le décourageaient.

— On s'obstine à nier l'ensemble de mon œuvre pour en déchirer à belles dents les détails, disait-il ; mes critiques pudibonds se voilent la face devant certains personnages de LA COMÉDIE HUMAINE, malheureusement aussi vrais que les autres, et qui font repoussoir dans ce vaste tableau des mœurs de notre époque ; il y a des vices dans notre temps comme dans tous les autres ; voudraient-ils, au nom de l'innocence, que je vouasse au blanc les deux ou trois mille personnages qui figurent dans LA COMÉDIE HUMAINE ? Je voudrais bien les voir à l'œuvre. Je n'invente pas les Marneffe mâle et femelle, les Hulot, les Philippe Brideau, que chacun coudoie

dans notre vieille civilisation. J'écris pour les
hommes et non pour les jeunes filles ! qu'ils
citent donc les pages où la religion et la famille sont attaquées ! Ces injustices soulè-
vent le cœur et attristent l'âme !... De quels
tourments les succès sont-ils faits ! ajoutait-il
en appuyant sa tête sur ses mains. — Après
tout, pourquoi se plaindre ?

La condition des gens supérieurs n'est-elle
pas effectivement d'être ainsi tourmentés, et
leur couronne n'est-elle pas souvent une couronne d'épines que le vulgaire salue ironi-
quement, en niant leur royauté, jusqu'au jour
où la mort leur donne l'immortalité? Mon
frère a dit quelque part dans ses œuvres :
« La mort est le sacre du génie. »

Il est juste, toutefois, de dire que si Balzac
fut souvent froissé par ceux qui méconnais-
saient volontairement ses idées et son caractère et par ceux qui ne le comprenaient réellement pas, il eut aussi des triomphes qui le
vengeaient de ces injustices. Je ne citerai
qu'un seul de ces triomphes :

A Vienne, en Autriche, il entre un soir
dans une salle de concert, et tous les assis-
tants se lèvent en masse pour saluer l'auteur
LA COMÉDIE HUMAINE. En sortant, au milieu de
la foule, un jeune étudiant se saisit de la main
de mon frère, la porte à ses lèvres en disant :
« J'embrasse la main qui a écrit *Séraphita!* »

— Il y avait tant d'enthousiasme et de
conviction sur ce jeune visage, me disait
Honoré, que cet hommage sincère m'a été
au cœur, et quand on nie mon talent, le souvenir de l'étudiant me console.

Cet homme existe encore, sans doute; si
cet écrit tombe sous ses yeux, il sera peut-
être heureux en pensant qu'il a donné une
joie au grand écrivain, joie qu'il garda dans
sa mémoire.

Les lettres que je publie feront juger de
l'ardeur de cet esprit, et du sang chaleureux
qui faisait battre ce cœur qu'aucune déception ne put jamais refroidir.

La lecture de cette correspondance donne
le vertige; que de travaux, d'espérances et

de projets s'y succèdent ! quelle activité d'esprit! quel courage sans cesse renaissant ! quelle riche organisation ! Si les chagrins de cœur, qui ne lui manquèrent pas, ou la fatigue, lui causent çà et là quelques découragements, comme il les dompte et retrouve aussitôt son énergie puissante et cette force pour le travail qui ne lui faillit jamais !

Du reste, le Balzac du monde n'était plus celui qui s'épanchait avec nous dans ses conversations ou dans ses lettres ; il était aimable, brillant, et savait si bien dominer toutes ses peines qu'il paraissait l'égal des plus heureux ; sentant son intelligence, il se mettait volontiers au-dessus de tous.

Il cachait fièrement sa pauvreté, parce qu'il n'eût pas voulu être plaint ; s'il se fût senti plus libre d'agir, plus indépendant des hommes, il l'aurait fièrement avouée.

C'est donc par l'infortune que Balzac arriva à la connaissance de la société. Guidé par le génie de l'observation, il hantait vallées et hauteurs sociales, étudiait comme Lavater, sur tous les visages, les stigmates qu'y impriment les passions ou les vices, collectionnait ses types dans le grand bazar humain comme l'antiquaire choisit ses curiosités, évoquait ces types aux places où ils lui étaient utiles, les posait au premier ou au second plan, selon leur valeur, leur distribuait la lumière et l'ombre avec la magie du grand artiste qui connaît la puissance des contrastes, imprimait enfin à chacune de ses créations, des noms, des traits, des idées, un langage, un caractère qui leur sont propres et qui leur donnent une telle individualité, que, dans cette foule immense, pas un ne se confond avec un autre.

Il avait une singulière théorie sur les noms; il prétendait que les noms inventés ne donnent pas la vie aux êtres imaginaires, tandis que ceux qui ont réellement été portés les douent de réalité. Aussi prit-il tous ceux des personnages de la Comédie humaine partout où il se promenait. Il revenait joyeux de ses promenades quand il avait fait quelque bonne conquête en ce genre.

11

— *Matifat! Cardot!* quels délicieux noms!
me disait-il. J'ai trouvé *Matifat* rue de la
Perle, au Marais. Je vois déjà mon Matifat!
il aura une face pâlotte de chat, un petit embonpoint, car Matifat n'aura rien de grandiose,
comme tu peux le croire. Et Cardot? autre
chose, ce sera un petit homme sec comme un
caillou, vif et réjoui.

Je comprends la joie qu'il eut en trouvant
le nom de *Marcas,* mais je le soupçonne d'a-
voir inventé le *Z.*

Connaissant la fidélité de certains portraits
faits d'après nature, car, s'il prenait des vi-
vants leurs noms, il prenait aussi leurs caractères, nous nous effrayions parfois de ces
ressemblances et craignions pour lui les
nouvelles inimitiés qu'elles pouvaient lui
susciter.

— Êtes-vous nigauds! nous disait-il en
riant et soulevant ses puissantes épaules qui
portaient aussi un monde; est-ce qu'on se
connaît? est-ce qu'il y a des miroirs pour
refléter l'être moral? Si un Van Dyck tel que

moi me peignait, je me saluerais peut-être comme on salue un étranger.

Il allait audacieusement lire ses types à ceux qui avaient posé. Ses auditeurs lui donnaient gain de cause, car pendant que nous les regardions, pleins d'anxiété, en pensant qu'il était impossible qu'ils ne se reconnussent pas, eux disaient : «Quels caractères vrais! Vous connaissez donc MM. *tels* et *tels?* C'est leur portrait, leur vrai portrait!»

A côté de ceux qui ne se reconnaissaient pas, il y en avait d'autres qui voulaient absolument se reconnaître dans certaines figures de LA COMÉDIE HUMAINE.

Que de femmes ont cru lui avoir inspiré sa touchante Henriette !

Mon frère ne tira aucune de ces chères abusées d'une douce erreur qui les rendait si ardentes à sa défense. Que ce silence lui soit pardonné, il avait besoin de ces dévouements !

Jamais auteur ne combina plus longtemps que lui ses plans et ne les porta plus longtemps en son cerveau avant de les écrire ; il est mort emportant dans la tombe plus d'un livre tout fait, qu'il réservait pour la maturité de son talent, effrayé des grands horizons qu'il entrevoyait.

« Je ne suis pas encore arrivé à la perfection nécessaire pour aborder ces grands sujets, » disait-il.

L'*Essai sur les forces humaines*, la *Pathologie de la vie sociale*, l'*Histoire des corps enseignants*, la *Monographie de la vertu*, tels étaient les titres de ces livres dont les pages resteront malheureusement blanches.

Ceux qui connaissent l'art littéraire et qui étudient les œuvres de Balzac ne l'accusent plus, comme on l'accusa jadis, de marcher au hasard vers un dénoûment inconnu. Il pouvait, selon les caprices de l'exécution, changer quelques détails, mais jamais le plan, toujours tracé d'avance. Nul plus que lui n'enchaîna dans les liens du travail cette fécondité, cette facilité prodigieuse dont la nature l'avait doué.

« Il faut se méfier de ces qualités, disait-il ; elles mènent souvent à l'abondance stérile. Boileau avait raison, il faut sans cesse châtier le style, qui, seul, donne la durée aux œuvres. »

Il déplorait à ce propos, de son grand cœur d'artiste, les immenses talents gaspillés par quelques-uns de ses confrères qui s'abandonnaient trop à ces facultés dangereuses, selon lui.

L'amour qu'il avait pour la perfection et son profond respect pour son talent et pour le public lui firent peut-être trop travailler ce style. Excepté quelques œuvres écrites sous une si heureuse inspiration qu'il les retoucha peu (telles que *la Messe de l'athée, la Grenadière, le Message, la Femme abandonnée*, etc.), ce n'était qu'après avoir corrigé successivement onze ou douze épreuves d'une même feuille, qu'il donnait le *bon à tirer* tant attendu par les pauvres typographes, tellement fatigués de ces corrections, qu'ils ne pouvaient faire chacun qu'une page de suite de Balzac.

Pendant qu'il demandait tant d'épreuves de la même feuille et que ces corrections diminuaient de beaucoup le prix de ses œuvres (car les libraires ne voulaient plus les supporter), on l'accusait de tirer à la page et de faire du mercantilisme ! Les typographes qui imprimaient ces reproches devaient bien rire ! Quand les injustices arrivent au grotesque, il n'y a que cela à faire ; aussi n'étaient-ce pas ces attaques-là qui tourmentaient mon frère. Ce qui l'irritait davantage était d'entendre ceux qui prétendaient le louer et qui ne le comprenaient pas.

Ses œuvres les plus restreintes, qui lui valurent à son début le titre du *plus fécond de nos romanciers*, furent celles qui le mirent en réputation ; à l'abri de cet humble titre qui n'impliquait pas une grande supériorité et n'éveillait encore aucune jalousie, il put faire imprimer des livres plus sérieux pour lesquels, sans sa réputation, il n'eût peut-être pas trouvé d'éditeur. Mais il n'aimait pas qu'on le bornât à ses *Nouvelles* ou même à ceux de ses romans dont les horizons sont le moins étendus.

Pour beaucoup de personnes, et des plus académiques, Balzac est seulement *le père d'Eugénie Grandet ;* elles en sont restées là avec lui et ne lui accordent pas plus de portée ni de gloire.

Je n'en veux pas à cette œuvre comme mon frère lui en voulait, et n'entends pas rabaisser le mérite de ce joyau littéraire, qu'on a si justement comparé à un tableau de Gérard Dow ou de Mieris ; mais je crois que beaucoup de ses livres dépassent celui-ci en profondeur, s'ils ne le dépassent pas comme vérité et fini d'exécution.

Ce titre de *plus fécond de nos romanciers,* qui lui servit d'abord, lui devint nuisible en ce point, que Balzac resta inconnu des gens sérieux, qui le crurent indigne d'occuper même leurs loisirs, tandis que les esprits légers, qui se nourrissent exclusivement de romans, passaient, comme longueurs et hors-d'œuvre, les parties sérieuses de ses œuvres dont les fabulations ne sont souvent que le cadre; il arrivait donc que beaucoup de ceux qui lisaient LA COMÉDIE HUMAINE ne la connaissaient pas plus que ceux qui ne la lisaient pas.

C'est ainsi que Balzac n'obtint pas d'abord la place à laquelle il a droit dans les bibliothèques du penseur, à côté de Rabelais, de Shakspeare et de Molière, par sa glorieuse parenté avec ces grands esprits.

Ceux qui ont suivi Balzac du berceau à la tombe peuvent assurer que cet homme si clairvoyant, si lucide, était confiant et simple jusqu'à l'enfantillage dans ses amusements, de l'humeur la plus douce jusque dans ses jours de tristesse et de découragement, et d'une amabilité telle, dans l'intimité, que la vie était bonne près de lui.

L'homme qui écrivait *le Curé de village*, *les Parents pauvres*, *les Paysans*, ressemblait à l'écolier en vacances dans ses heures de délassements; il semait des volubilis le long du mur de son jardin, rue Basse, à Passy, les regardait le matin s'entr'ouvrir, admirait leurs couleurs, s'extasiait de la parure de certains insectes, traversait le bois de Boulogne et venait à Suresnes, où nous étions momentanément, pour faire un boston de famille où il était plus enfant que ses nièces; il riait des calembours, enviait les heureux qui avaient *ce don,* en cherchait, n'en trouvait pas, et disait avec regret : « Non, ça ne fait pas de calembour! » Il citait volontiers les deux seuls qu'il avait trouvés en sa vie. « Succès peu franc, avouait-il en toute humilité, car c'est sans le vouloir que je les ai faits. » (Nous supposions même qu'il les avait embellis après coup.)

Les proverbes retournés, qui furent quelque temps de mode dans les ateliers, l'occupèrent beaucoup; il y était plus heureux qu'aux calembours; il en composait pour son rapin Mistigri (d'*un Début dans la vie*) et pour Mme Crémière (d'*Ursule Mirouët*).

La femme doit être la chenille ouvrière de

11.

la maison, lui causa autant de joie que ses plus belles pensées.

— Vous n'auriez pas trouvé cela, vous autres! nous disait-il.

Il composait pour nos loteries les devises sous lesquelles nous cachions les lots, et nous arrivait tout joyeux quand il nous en apportait de bonnes.

— Un auteur sert à quelque chose, nous disait-il sérieusement.

Le maître de piano Shmucke et le banquier Nucingen, à qui il faisait parler le français-allemand, ne l'amusaient pas moins que son cher rapin Mistigri et que Mme Crémière. Il riait aux larmes en nous lisant ce qu'il leur faisait dire dans leur jargon.

On a beaucoup parlé, et non sans raison, de son amour-propre excessif, mais cet amour-propre était si franc, si bien justifié d'ailleurs, qu'on le préférait à cette fausse humilité qui révèle souvent bien plus d'orgueil.

Comment ne pas pardonner l'amour-pro-

pre à celui qui vient de signer *le Médecin de
campagne*, *la Recherche de l'absolu*, *le Curé
de village* et tant d'autres œuvres capitales,
quand la conviction de son talent pouvait
seule lui donner la patience et la force nécessaires à la création de pareils ouvrages :
il eût mieux valu sans doute réprimer ce naïf
enthousiasme de lui-même, mais n'était-ce
pas demander l'impossible à un homme d'une
telle vivacité d'impressions et d'une telle fran-
chise ? On voit d'ailleurs dans ses lettres que
des doutes suivaient de près ses grands con-
tentements, ils étaient aussi vrais que ses
accès d'amour-propre. Il vous demandait
alors avec anxiété si les œuvres qui abré-
geaient ses jours le feraient vivre plus longtemps que les autres.

Mais il ne faudrait pas croire que cet
amour-propre fût sourd et ne sût entendre la
vérité. On pouvait nettement lui dire : Telle
chose est mauvaise, selon nous. Il commençait bien par crier, se débattre, vous injurier
même un peu et prétendre que l'endroit jugé

faible était précisément le plus fort du livre ;
mais si, nonobstant ses injures et sa colère,
vous teniez bon et souteniez vos opinions,
cette fermeté le faisait réfléchir ; il n'avait
perdu aucune de vos paroles et de vos observations, il les pesait et les jugeait dans la
solitude de ses nuits de travail et revenait
serrer la main des amis qui s'intéressaient
assez à lui pour lui dire la vérité.

« Vous aviez raison, ou vous aviez tort, »
disait-il avec la même bonne foi, ayant autant de reconnaissance dans l'un ou l'autre
cas ; et, malgré son amour-propre, c'é-
tait les amis qu'il préférait !... Il riait tout
le premier de cet amour-propre et permettait qu'on en rît ; il était habile d'ailleurs à
connaître la valeur d'un éloge et n'était jamais dupe des banalités qu'on débitait. Il
était simple et confiant ; il ne pouvait être
niais.

Il admirait le talent partout où il était,
aussi bien chez ses amis que chez ses ennemis, et vengeait les uns et les autres contre

toute vulgarité qui calomniait ou attaquait
l'intelligence!...

Que. de fois il a protégé, sans le dire, de
pauvres auteurs inconnus, dont le hasard lui
faisait lire les premières œuvres, en allant
les recommander à des directeurs de revues
et de journaux! « Cet homme a de l'avenir, »
leur disait-il. Un pareil jugement faisait autorité.

Une phrase pittoresque, incisive, lui suf-
fisait pour résumer une situation ou l'avenir
d'un homme, et il était impossible de mieux
conter, de mieux causer et de mieux lire que
lui : aussi ne fallait-il pas l'entendre lire ses
livres pour en juger les points faibles ; il eût
fait admirer les vers de Trissotin.

L'égoïsme qu'on lui a reproché tenait à sa
malheureuse situation et à ses grands travaux. Libre, il eût été serviable et dévoué ;
on en appelle aux amitiés qu'il sut conserver jusqu'à son dernier jour, et aux jeunes
littérateurs auxquels il donna plus d'une fois
ses conseils et son temps, sa seule fortune.

Mais celui qui sacrifie ses jours pour vivre dans l'avenir n'a-t-il pas le droit de se soustraire aux exigences de la société, à ces petits devoirs qui sont toute la vie des oisifs? et parce qu'il s'en sera abstenu, mérite-t-il d'être accusé d'indifférence?

Les lettres que j'ai citées répondent victorieusement à ces accusations et suffisent à faire juger son cœur.

Mon frère possédait d'ailleurs l'art de se faire aimer à ce point, qu'on oubliait en sa présence les griefs qu'à tort ou à raison, on avait contre lui, pour ne se souvenir que de l'affection qu'on lui portait.

Tous les gens qui l'ont servi ne l'ont pas oublié, il ne pouvait cependant pas les traiter selon ses désirs! Depuis la pauvre femme dont il parle dans *Facino Cane* (elle avait remplacé dans sa mansarde l'*inintelligent Moi-même*), qui accourait tous les matins rue de Lesdiguières, du fond du faubourg Saint-Antoine et qui alla le voir partout où il demeura, jusqu'à François, l'ancien militaire, qui fut un de ses derniers serviteurs, tous l'aimèrent jusqu'au dévouement ; et Dieu sait s'ils connaissaient chez lui l'oisiveté et l'abondance !

« Je ne sais ce qu'il a, on le servirait pour rien, disaient-ils ; on ne sent ni fatigue ni sommeil quand il a besoin de vous, et qu'il vous gronde ou vous récompense, on est toujours content de lui. »

Quant à ses amitiés, il est bien vrai, comme il l'écrivait dans la lettre à M. D..., qu'il n'en trahit aucune et les conserva toutes. Lié avec les hommes les plus remarquables de l'époque, tous s'honoraient de son affection et le payaient de retour. Plus d'une fois, il quitta ses travaux pour aller voir un ami malade ; chez lui, les devoirs du cœur primaient tous les autres.

Son entraînement avec ceux qu'il aimait était tel, qu'arrivé pour un instant, il restait des heures avec eux ; puis venaient les remords, il s'admonestait en disant :

« Monstre ! infâme ! tu aurais dû faire de la copie au lieu de parler ! » Il perdait encore du temps à supputer combien lui coûtaient ses heures de délassement, compte fabuleux qui, partant de chiffres raisonnables, arrivait aux plus exorbitants.

« Car il faut compter les réimpressions, » disait-il.

En résumé, ce grand esprit avait toutes les grâces et tout le charme des gens qui ne brillent que par leur amabilité.

Son heureuse et aimable gaieté lui rendait cette sérénité dont il avait besoin pour continuer ses labeurs; mais bien fou celui qui prétendait juger Balzac dans ces instants de folie; l'homme-enfant, remis au travail, redevenait le plus grave et le plus profond des penseurs !

George Sand, qui l'a bien connu, et qui a noblement parlé de lui, George Sand, qu'il appelait *son frère George*, pour rendre sans doute hommage à son génie viril, s'est trompée en un seul point, sur l'extrême sagesse qu'elle lui attribue; il ne mérite pas cet éloge ; hors le travail qui primait tout, il ai-

mait et goûtait tous les plaisirs de ce monde ;
je crois qu'il aurait pu être le plus fat de tous
les hommes, s'il n'en avait pas été le plus
discret ! Lui, si confiant pour tout ce qui le
regardait, ne commit jamais aucune indiscré-
tion dans ses relations et gardait fidèlement
les secrets des autres, s'il ne savait pas garder les siens.

Je trouve dans ses lettres cette appréciation
de George Sand :

« Elle n'a aucune petitesse en l'âme ni aucune
de ces basses jalousies qui obscurcissent tant de
talents contemporains. Dumas lui ressemble en ce
point.

» George Sand est une très-noble amie, et je
la consulterais en toute confiance dans mes moments de doute sur le parti logique à prendre en
telle ou telle occurrence ; mais je crois que le sens
critique lui manque, au moins de prime-saut ;
elle se laisse trop facilement persuader, ne tient
pas assez à ses opinions et ne sait pas combattre
les motifs que lui oppose son adversaire pour se
donner raison. »

Mon frère disait plaisamment, à propos de sa petite taille (il n'avait que cinq pieds), « que les grands hommes étaient presque toujours petits.

» Il faut sans doute que la tête soit près du cœur pour que ces deux puissances qui gouvernent l'organisation humaine fonctionnent bien, » ajoutait-il.

On le trouvait toujours chez lui vêtu d'une large robe de chambre de cachemire blanc doublée de soie blanche, taillée comme celle d'un moine, attachée par une cordelière de soie, la tête couverte de cette calotte dantesque de velours noir adoptée dans sa mansarde, qu'il porta toujours depuis et que ma mère seule lui faisait.

Selon les heures où il sortait, sa mise était fort négligée ou fort soignée. Si on le rencontrait le matin, fatigué par douze heures de travail, courant aux imprimeries, un vieux chapeau rabattu sur les yeux, ses admirables mains cachées sous des gants grossiers, les pieds chaussés de souliers à hauts quartiers

passés sur un large pantalon à plis et à pieds,
il pouvait être confondu dans la foule; mais
s'il découvrait son front, vous regardait ou
vous parlait, l'homme le plus vulgaire se
souvenait de lui.

Son intelligence, si constamment exercée,
avait encore développé ce front naturellement vaste, qui recevait tant de lumières!
cette intelligence se trahissait à ses premiers
mots et jusque dans ses gestes! Un peintre
aurait pu étudier sur ce visage si mobile les
expressions de tous les sentiments : joie,
peine, énergie, découragement, ironie, espérances ou déceptions, il reflétait toutes les
situations de l'âme.

Il triomphait de la vulgarité que donne
l'embonpoint par des manières et des gestes
empreints d'une grâce et d'une distinction
natives.

Sa chevelure, dont il variait souvent l'arrangement, était toujours artistique, de quelque manière qu'il la portât.

Un ciseau immortel a laissé ses traits à la

postérité. Le buste que David a fait de mon
frère, alors âgé de quarante-quatre ans, a
reproduit fidèlement son beau front, cette
magnifique chevelure, indice de sa force physique égale à sa force morale, l'enchâsse-
ment merveilleux de ses yeux, les lignes si
fines de ce nez carré, de cette bouche aux
contours sinueux où la bonhomie s'alliait
à la raillerie, ce menton qui achevait l'ovale
si pur de son visage avant que l'embonpoint
en eût altéré l'harmonie. Mais le marbre
n'a pu malheureusement conserver le feu de
ces flambeaux de l'intelligence, de ces yeux
aux prunelles brunes pailletées d'or comme
celle du lynx.

Ces yeux interrogeaient et répondaient
sans le secours de la parole, voyaient les
idées, les sentiments, et lançaient des jets qui
semblaient sortir d'un foyer intérieur et ren-
voyer au jour la lumière au lieu de la recevoir.

Les amis de Balzac reconnaîtront la vérité
de ces lignes, que ceux qui ne l'auront pas
connu pourront taxer d'exagération.

Mon frère concourut pour le prix Montyon avec son livre du *Médecin de campagne*, et ne l'obtint pas.

Il se présenta deux fois à l'Académie et ne fut pas reçu. Une lettre adressée par lui à Nodier, et que je tiens de l'obligeance de son petit-fils, M. Ménessier-Nodier, se rapporte à sa première défaite :

« Mon bon Nodier,

» Je sais aujourd'hui trop sûrement que ma situation de fortune est une des raisons qui m'est opposée à l'Académie, pour ne pas vous prier avec une profonde douleur de disposer de votre influence autrement qu'en ma faveur.

» Si je ne puis parvenir à l'Académie à cause de la plus honorable des pauvretés, je ne me présenterai jamais aux jours où la prospérité m'accordera ses faveurs. J'écris en ce sens à notre ami Victor Hugo, qui s'intéresse à moi.

» Dieu vous donne la santé, mon bon Nodier. »

M. L. J., son ami, m'a permis de publier ces trois lettres, écrites de Russie dans l'année qui précéda la mort de mon frère :

« Mon cher L...,

» Si le Théâtre-Français refuse *Mercadet*, tu peux offrir la pièce, avec toutes les précautions d'usage, à Frédérick Lemaître. Je jouis ici d'une tranquillité qui m'a permis de travailler ; aussi recevras-tu plusieurs scénarios cet hiver qui pourront occuper tes loisirs, car je veux ta collaboration. Tu auras bientôt *le Roi des mendiants*. Je voudrais bien savoir ce que devient notre pauvre France, que les républicains tiennent au lit, il me semble. Je suis trop patriote pour ne pas penser à la profonde misère qui doit étreindre chacun, les artistes et les gens de lettres surtout ! Quel gouffre que celui du Paris actuel ! il a englouti L..., H... et bien d'autres sans doute ; et toi, mon ami, que deviens-tu ? La république te permet-elle encore de déjeuner au café Cardinal et de dîner chez Vachette ?. . . . .

. . . .

» Nous avons ici un homme qui travaille le fer d'une manière merveilleuse ; si tu voulais m'envoyer le dessin d'une coupe, si riche qu'elle soit, il saurait l'exécuter, soit en fer, soit en argent. Tu aiderais ainsi un grand artiste poussé en pleine Ukraine comme un champignon. Si tu pouvais en-

fin joindre à ce dessin quelques bonnes gravures
qui se vendent souvent pour peu de chose et faire
une petite collection d'ornements, je te rembour-
serais ces frais avec plaisir ; je te dirais comment
tu peux me les faire parvenir, et nous aurions aidé
ainsi un digne et grand artiste en lui donnant des
modèles.

» Mille amitiés, malgré ton laconisme. Tout à toi
de cœur. »

« 9 février 49.

» Ma sœur m'écrit les étranges transformations
que H... veut faire subir à *Mercadet*. Ton esprit
et ta raison ont dû te démontrer avant ma lettre
qu'il est impossible de changer une comédie de
caractère en un gros mélodrame.

» Je n'ai jamais pensé que cette pièce pût aller
au boulevard sans Frédérick Lemaître, Clarence,
Fechter et Colbrun.

» Donc, je m'oppose formellement à ce qu'on
travestisse *Mercadet* et le représente. Mais je n'em-
pêche pas que H... fasse faire une pièce sur ce
sujet; seulement il faut que tu saches et que tu
dises :

» Que personne ne s'intéresse, au théâtre, aux

affaires d'argent, elles sont antidramatiques et ne peuvent donner lieu qu'à des comédies comme celle de *Mercadet*, qui rentre dans l'ancien genre des pièces à caractère.

» Donc, je me résume : ma pièce restera telle qu'elle est. Les sujets sont à tout le monde. H..., qui a une grande habitude du théâtre, n'en fera pas faire un drame, car il faudrait aller jusqu'à l'assassinat pour intéresser.

» Maintenant, mon cher L..., si tu peux savoir de source certaine quels sont les deux académiciens qui m'ont donné leurs voix dans ma seconde défaite, tu me feras grand plaisir, car je veux les remercier d'ici moi-même. Mais comme plusieurs voudront être de ces deux voix, ne te trompe pas ; je veux être sûr des deux vraies voix.

» L'Académie m'a préféré M. ***. Il est sans doute meilleur écrivain que moi, mais je suis meilleur gentilhomme que lui, car je me suis retiré devant la candidature de Victor Hugo. Et puis M. *** est un homme rangé, et moi j'ai des dettes, palsambleu !

. . . .

» J... a été gracieux pour moi ; je te prie de l'en remercier vivement. Si tu rencontres Gautier, dis-lui des choses affectueuses de ma part, car il

me revient de côté et d'autre des nouvelles de la
Presse. Ses articles font sensation en Allemagne,
malgré les révolutions, les sermons philosophiques
et autres nuages allemands.

» Autant à Rolle, mon vieux camarade, qui a,
dit-on, parlé fort gentiment de LA COMÉDIE HU-
MAINE.

» Tu auras sous peu *le Roi des mendiants*, pièce
de circonstance en république et flatteuse pour la
majesté populaire.

» Dieu te garde, et compte sur moi comme sur
un homme qui se dira toujours ton ami. »

« 10 décembre 49.

» Mon cher L...,

» Une maladie de cœur, longue et cruelle, à
péripéties diverses, m'a empêché d'écrire, excepté
pour mes inextricables affaires et les stricts devoirs
de famille.

» Aujourd'hui les docteurs (il y en a deux) me
permettent, non pas le travail, mais seulement la
distraction, j'en profite pour t'écrire.

» Si je reviens à Paris dans deux mois, ce sera
grand bonheur, car il me faut au moins ce temps
pour achever ma guérison. J'ai tristement payé les

12

excès de travail auxquels je me suis livré ; mais ne parlons pas de cela.

» Donc, je pourrais être à Paris en février prochain avec la ferme et nécessaire envie de travailler, comme membre de la Société des auteurs dramatiques, car dans mes longs jours de traitement, j'ai trouvé une petite Californie théâtrale à exploiter ; mais que faire ici ? Il est impossible d'envoyer des manuscrits d'une certaine dimension. La frontière a été fermée à cause de la guerre, et nul étranger ne serait maintenant admis. Attendons donc mon retour pour faire mieux que d'en parler.

» Je suis sûr qu'il y a chez nous de grandes souffrances dans la littérature et dans les arts. Tout chôme, n'est-ce pas ? En février 1850, trouverais-je un public hilare ? C'est douteux. Néanmoins, je travaillerai. Pense qu'une scène écrite par jour fait trois cent soixante-cinq scènes par an, qui font dix pièces. En tombât-il cinq, trois n'eussent-elles que des demi-succès, resterait encore deux succès qui feraient un joli résultat.

» Oui, du courage, que la santé me revienne, et je m'embarque hardiment dans la galère dramatique avec de bons sujets. Mais que Dieu me garde d'échouer contre des bancs déserts !

» Je te le répète, mon ami, tout bonheur est fait de courage et de travail. J'ai vu bien des jours de misère, et avec l'énergie et surtout des illusions, je m'en suis toujours tiré ; c'est pourquoi j'espère encore et beaucoup.

» Nous avons ici un savant revenu de l'Arménie qui a retrouvé dans le Kurde les juifs de Moïse pur sang.

» A bientôt et mille amitiés. »

A propos de *Mercadet*, je dirai quelques mots sur *Vautrin*, la première pièce de mon frère représentée le 14 mars 1840, à la Porte-Saint-Martin. L'acteur chargé de ce rôle eut, à l'insu du directeur et de l'auteur, l'idée de copier un très-grand personnage dans la scène où Vautrin paraît en général mexicain. Honoré comprit aussitôt qu'on défendrait la pièce.

Je savais les raisons qui rendaient ce succès nécessaire. Inquiète de la révolution qu'avait dû produire le renversement de ses espérances, je courus le lendemain rue de Richelieu ; dans la chambre que mon frère occu-

pait, et je le trouvai en proie à une grosse
fièvre. Je l'emmenai chez moi pour le soigner. Deux heures après son installation,
Victor Hugo, Alexandre Dumas et plusieurs
autres de ses confrères accouraient pour lui
offrir leurs services.

M. *** arrive et dit à mon frère qu'il se fait
fort de lui obtenir une belle indemnité s'il
consent à retirer *Vautrin*, afin d'éviter à l'autorité une initiative qu'il lui serait désagréable de prendre.

— Monsieur, lui répondit mon frère, l'interdiction de *Vautrin* me sera fort préjudiciable, mais je n'accepterai pas d'argent en
payement d'une injustice; on défendra ma
pièce, car je ne la retirerai pas.

Vautrin fut rayé de l'affiche à la troisième
représentation.

Les premiers essais dramatiques de mon
frère méritaient-ils ou non leur insuccès? je
ne sais; mais je crois que celui qui créa le
type de Mercadet et sonda le premier cette
plaie de l'agiotage qui attaque et désole au-

jourd'hui tant de familles, pouvait espérer
une seconde illustration littéraire.

Le temps viendra peut-être d'achever le
récit des dernières années de l'existence de
mon frère ; ces détails seront également ap-
puyés de lettres qui prouveront le changement qu'une expérience si chèrement achetée
avait apporté à cette vaste intelligence : le
Balzac d'alors avait triomphé de ses expansions, était devenu prudent, grave, sérieux
même, sans misanthropie toutefois.

Je parlerai enfin des derniers jour de sa
vie, brisée dans toute la force de son âge et
de son talent, avant qu'il eût achevé son œuvre, quand il espérait le bonheur et allait au
moins jouir de cette tranquillité si longtemps
désirée, circonstances douloureuses qui ému-
rent amis et ennemis.

D'immenses succès, de grandes affections
firent les joies de sa vie ; il eut aussi des af-
flictions suprêmes, rien n'est médiocre dans
l'âme de celui que Dieu a doué d'exquises

sensibilités et d'une haute intelligence. Qui osera le plaindre ou l'envier?

J'ai révélé son caractère, je l'ai montré dans sa vie privée, ses sentiments de famille et ses amitiés, j'ai raconté des infortunes vaillamment combattues, courageusement supportées, je crois avoir rempli ma tâche en faisant estimer et aimer l'homme dans l'écrivain qu'on admire; là se bornent mes obligations envers lui et envers tous. Aux forts seuls appartient le droit de juger l'auteur.

FIN.

www.ingramcontent.com/pod-product-compliance
Lightning Source LLC
Chambersburg PA
CBHW051821020726
47502CB00005B/1568